Pearl S. Buck, 1892 in West-Virginia/USA geboren, kam mit ihren Eltern, die in der Mission tätig waren, im Alter von fünf Monaten nach China. Dort verbrachte sie, mit Unterbrechung ihres Studiums in England, vierzig Jahre ihres Lebens. Für das Buch ›Die gute Erde‹ erhielt sie den Pulitzerpreis. 1938 bekam die Autorin als erste amerikanische Frau den Nobelpreis. Sie starb 1973 in Danby/Vermont/USA.

Eine wunderbare Frau. Ethel Seabury formte die Menschen ihrer Umgebung, ihren Mann und ihren Sohn Grant, nach ihren Wünschen und Vorstellungen. Als sie stirbt will Grant die junge Elinor zu der »wunderbaren Frau« machen, die seine Mutter war. Aber sie wehrt sich und beschließt, dem zu entfliehen. Sie findet zurück zu ihrer eigenen Persönlichkeit und verwirklicht schließlich sich selbst, und sie hilft dadurch auch ihrem Mann, sich vom Gespenst der toten Mutter zu befreien.

Im Fischer Taschenbuch Verlag sind achtzehn Bücher der Autorin erhältlich; Romane und Erzählungen, die überwiegend in Ländern des Fernen Ostens spielen und religiöse sowie ethische Probleme zum Inhalt haben.

Pearl S. Buck

Eine wunderbare Frau

Roman

Aus dem Amerikanischen von
Robby Remmers

Fischer Taschenbuch Verlag

11.–12. Tausend: November 1993

Ungekürzte Ausgabe
Veröffentlicht im Fischer Taschenbuch Verlag GmbH,
Frankfurt am Main, Juni 1990

Lizenzausgabe mit freundlicher Genehmigung von
Albert Langen · Georg Müller Verlag GmbH München · Wien 1978
aus dem Band: Geheimnisse des Herzens. Erzählungen

Umschlaggestaltung: Manfred Walch, Frankfurt am Main
Umschlagfoto: © Nathan Benn, 1985/Focus
Druck und Bindung: Clausen & Bosse, Leck
Printed in Germany
ISBN 3-596-28332-9

Eine wunderbare Frau

Elinor Brame verweilte einen Augenblick am Tor des Friedhofs. Viele Menschen waren da, denn natürlich waren alle zu Mrs. Seaburys Beerdigung gekommen. Alle Organisationen in der Stadt hatten Vertreter gesandt, sogar die Feuerwehr. Unter ihnen waren Reiche und Arme – Mrs. Crotherton war auch da und sah sehr schön aus in ihrem dunklen Pelz, Mollie Daley war gleichfalls anwesend – einfach, aber sauber gekleidet. Mrs. Seabury hatte sie jahrelang als Wäscherin behalten, obwohl jeder wußte, wie unzulänglich sie als Wäscherin war. Aber es war, wie Mrs. Seabury selbst gesagt hatte: »Ich habe Mollie schon oft gesagt, daß sie ihre Sache nicht gut macht, aber als Wäscherin kann sie weniger Schaden anrichten als an einem anderen Platz. Als ich sie ein einziges Mal in den ersten Stock kommen ließ, hat sie meine Rotdornvase zerschlagen. Sie war ein Hochzeitsgeschenk.«

Herzzerreißend hatte Mollie an dem offenen Grab geschluchzt, obwohl sie sicher wußte, daß Grant Seabury sie weiterbeschäftigen würde. »Alles soll genauso bleiben, wie meine Mutter es hatte«, hatte er Elinor mit eindringlicher, tiefer Stimme gesagt. Als sie davon hörte, daß Mrs. Seabury gestorben war, war sie hinübergefahren, um zu sehen, was zu tun war. »Nichts soll verändert werden«, hatte er gesagt, während sein Blick über den konventionellen, gemütlichen Salon wanderte. »Vater und ich sind da einer Meinung. Abgesehen davon war alles perfekt, was Mutter je getan hat.«

Es war fast so gewesen, als hätte Mrs. Seabury bei ihrer eigenen Beerdigung die Regie geführt. Jeder flüsterte jedem zu: »Genauso hätte sie es haben wollen, nicht wahr?« Alle benahmen sich so, als wäre sie gar nicht tot. Im Gegenteil, man erwartete eigentlich jeden Augenblick Mrs. Seaburys Stimme, wie sie frisch und kräftig und freundlich aus dem Himmel tönen müßte: »Es war eine *wunderbare* Beerdigung – ganz genau, wie ich es mir gewünscht habe. Habt alle vielen lieben Dank!«

»Asche zu Asche – Staub zu Staub«, schloß der Pfarrer von St. Grace seine Predigt. Aber niemand konnte sich dabei vorstellen, daß dies Mrs. Seabury galt. Elinor sah Grants hübsches Gesicht stolz zum Himmel erhoben. Es hatte angefangen, leicht zu schneien, aber er schien es nicht zu bemerken. Mr. Seabury sah nicht auf. Er hatte die ganze Zeit über stumpf in das Grab gestarrt und er starrte auch jetzt noch dort hinunter.

Nun begannen die Leute, sich in kleinen Grüppchen um die beiden hochgewachsenen Männer zu scharen, voller Wärme und Anteilnahme. Sie sahen sich in diesem Augenblick sehr ähnlich, Grant und sein Vater, obgleich Mrs. Seabury immer fröhlich behauptet

hatte, Grant sei *ihr* Sohn. Sie standen Seite an Seite. Rasch sagte Grant: »Danke – vielen Dank – meine Mutter wäre sehr glücklich –«, wogegen Mr. Seabury nur vor sich hinmurmelte: »Ja – ja – ja –«
»Komm, Vater«, hörte sie Grant bestimmt sagen, »wir müssen nach Hause – es wird kalt.« Er nahm seinen Vater am Arm und die Menge teilte sich, um den beiden den Weg zur Pforte freizumachen.
Elinor hatte sich davongemacht, sobald die Orgel die letzte Strophe von »So nimm denn meine Hände« zu spielen begann. Ihr war sehr kalt und sie wollte heimgehen. Sie hatte ihr kleines grünes Auto nah am Friedhofseingang geparkt. Außer für Mrs. Seabury wäre sie für niemanden zu einer Beerdigung gegangen. Aber Mrs. Seabury würde in ihrer direkten, deutlichen Art gesagt haben: »Aber natürlich kommst du, Elinor. Es würde mich sehr verletzen, wenn du nicht kämst – und Grant ebenfalls.«
Also war sie gekommen.
Beerdigungen! Wenn sie eines Tages sterben müßte, würde sie rechtzeitig verschwinden und sich irgendwo in einen Vulkankrater stürzen oder ins Meer, damit für eine Beerdigung nichts übrigblieb. Und dann, an der Friedhofspforte, warf sie noch einen Blick zurück und sah Grants Gesicht. Es erschien ihr wie das angstvolle Gesicht eines kleinen, einsamen Jungen. Es war nur ein kurzer Augenblick. Als sie wieder hinsah, hatte er wieder ganz sein eigenes Gesicht, gutaussehend und sehr sicher.
Doch wegen dieses einen kurzen Augenblicks warte-

te sie an der Pforte auf ihn anstatt heimzufahren. Sie kamen jetzt den Hauptweg herunter. Er war ihr schon ganz nahe, aber er sah sie nicht. Er sah vor sich auf den Weg und runzelte ein wenig die Stirn.

»Grant«, sagte sie leise. Er sah auf.

»Elinor!« sagte er.

»Ich würde heute abend gern auf einen Sprung zu euch kommen«, sagte sie, »wenn es euch recht ist.«

»Ja, wirklich?« fragte er eifrig. »Das würde uns sehr freuen – nicht wahr, Vater?«

»Ja«, murmelte Mr. Seabury, »ja, natürlich –« Er sah nicht auf. Mit seinem Spazierstock schob er einen kleinen Erdkrümel von seinem schmalen, blankgeputzten, schwarzen Schuh.

»Warum fährst du nicht gleich jetzt mit uns zurück?« drängte Grant sie.

»Ich habe meinen Wagen hier«, antwortete sie. »Außerdem, wenn's dir nichts ausmacht, komme ich lieber etwas später.« Sie warf einen Blick über die Menschenmenge und sofort verstand Grant. Natürlich war es besser, wenn sie nicht direkt mit ihnen zurückfuhr. Schließlich war sie nichts weiter als eine Freundin.

»Das ist furchtbar lieb von dir«, sagte er.

Sie lächelte ohne zu antworten und ging zu ihrem Auto.

Sie fuhr die lange Straße entlang, die rechts und links von Eichen gesäumt war und bei dem großen Haus endete. Es war unmöglich, sich das Haus ohne Mrs.

Seabury vorzustellen. Lächelnd pflegten die Leute zu sagen, daß es Mrs. Seabury ähnlich sähe, ihr Haus so zu bauen, daß die vornehmste Straße der Stadt zu ihm hinführte wie eine private Zufahrt. Aber gleichzeitig waren sie auch stolz auf das solide, türmchenbewehrte Gebäude aus rotem Ziegel. Wenn sie mit Fremden dort vorüberfuhren, nickten sie lässig zu dem Haus hinüber und sagten: »Das ist Mrs. Seaburys Haus. Kennt ihr sie? Sie ist die einzige Frau unserer Stadt, die je für das Bürgermeisteramt kandidiert hat – fast hätte sie's sogar geschafft – sie ist eine wunderbare Frau.«

Elinor fuhr mit ihrem Wagen rasch die Straße hinunter. Vor ihr, in den beiden starken Lichtkegeln ihrer Scheinwerfer, sah sie die Eichenblätter über den Asphalt wirbeln, wie der Wind sie von einer Straßenseite zur anderen trieb. Sie fuhr hindurch und erreichte die Auffahrt vor dem Haus. Beim Abendessen heute, allein mit ihrem Vater, da ihre Mutter schon lange tot war, hatte er gesagt: »Ich wünschte, du würdest dich von James in meinem Wagen fahren lassen, Elinor, wo es doch schon dunkel ist.« Doch sie hatte freundlich aber bestimmt geantwortet: »Ich werde nicht sehr spät zurückkommen, Vater, vielen Dank. Ich will nur vorbeischauen und sehen, wie es Grant geht – an diesem ersten Abend –.«

»Ja«, sagte Mr. Brame sanft. »Der erste Abend ist schwer.« Dann schwieg er und sie beide dachten an den Abend, nachdem ihre fröhliche kleine Mutter von ihnen gegangen war.

»Ich wünschte, du würdest wieder heiraten, Vater«, sagte Elinor plötzlich.
Er sah erschrocken auf. »Du bist noch jung und siehst gut aus«, sagte sie lächelnd. Aber er lächelte nicht.
»Oh, nein«, sagte er, »das könnte ich nicht – nicht nachdem –« Und dann, nach einer kurzen Pause, hatte er in seiner besonderen ebenso zierlichen wie präzisen Art weitergesprochen: »Ich hoffe, Elinor, daß du dich nicht durch irgendwelche Gedanken über meine Einsamkeit von – von eigenen Plänen abhalten läßt. Ich bin vollkommen zufrieden, weißt du – so zufrieden jedenfalls, wie ich jetzt sein kann.«
»Aber nein«, hatte sie rasch geantwortet. »Ich habe keinerlei Pläne, Vater. Es gibt niemanden, den ich gerne heiraten würde.«
Sie fuhr ihren Wagen an den Randstein. Sie genoß es, ihr eigenes Auto zu fahren. Und sie konnte den Gedanken nicht ertragen, daß James draußen in der Dunkelheit auf sie wartete. Sie liebte es, frei zu sein.
Nun ging sie langsam die Stufen hinauf und zog dabei ihre Handschuhe aus. Die Luft war feucht und kalt, und sie dachte einen Augenblick lang an Mrs. Seabury, die da draußen auf dem Friedhof lag. Dann läutete sie. Sie konnte nicht recht glauben, daß Mrs. Seabury wirklich da draußen lag, bevor sie nicht im Haus war.
Die Tür wurde geöffnet, und der Butler lächelte ihr entgegen wie schon damals, als sie noch ein kleines Mädchen war. »Guten Abend, Miss Elinor«, sagte er. »Mr. Grant –.«

Aber da stand Grant schon selbst da, und er überragte das weißhaarige Haupt Rhodes um einen Kopf.
»Geh mir aus dem Weg, Rhodes, so ist's gut«, sagte er. »Ich kümmere mich schon um alles. Komm herein, Elinor. Ich habe schon auf dich gewartet.«
Sie trat ein, und er nahm eifrig ihren Mantel und Hut in Empfang. Anfangs sagte sie nichts. Es schien ihr unmöglich zu glauben, daß die gewohnte angenehme, aber energische Stimme nicht aus der Bibliothek rufen würde: »Bist du es, liebe Elinor? Komm nur herein – hier bin ich!«
Sie wartete und lauschte.
»Meint man nicht, jeden Augenblick ihre Stimme zu hören?«, fragte Grant wie atemlos. »Ich warte immer noch –«
»Ja, ich weiß«, antwortete sie. Für den Bruchteil einer Sekunde streckte sie ihre Hand aus und berührte sanft sein Handgelenk.
»Vater ist natürlich da«, sagte Grant. Er nahm ihren Arm und führte sie in die Bibliothek.
Alles war genauso wie immer. Das Holzfeuer brannte im Kamin und davor stand ein Tischchen mit dem Kaffeetablett. Mr. Seabury saß in seinem Sessel, und seine Hände lagen wie abwartend auf seinen Knien.
»Wir wollten gerade Kaffee trinken«, sagte er mit seiner hohen Stimme. »Trinkst du eine Tasse mit, Elinor?«
»Ja, gerne, vielen Dank«, sagte sie und lächelte ihm zu. »Wie schön ist euer Kaminfeuer!«

Sie setzte sich, und Grant nahm ein großes Stück Holz und warf es in das Feuer.
»Ja«, sagte Mr. Seabury unbestimmt. Er wirkte beunruhigt. »Grant?« flüsterte er. Die Funken aus dem Feuer fuhren in Garben den Kamin hinauf und das Holz knackte. Er wandte sich um.
»Ja, Vater?« fragte Grant.
»Würdest du den Kaffee einschenken?«
Der Sessel, in dem sonst immer Mrs. Seabury gesessen hatte, war in die Ecke an der Tür geschoben worden. Vielleicht hatte Rhodes das getan, um ihn weniger auffällig und leer erscheinen zu lassen.
»Elinor?« wandte Grant sich fragend an sie und sein Gesichtsausdruck änderte sich. »Nein«, sagte er dann abrupt, »ich werde es selber tun – gleich.« Er rückte das neue Stück Holz im Kamin zurecht. Keiner von ihnen sprach ein Wort. Dann drehte er sich um, beugte sich über den niedrigen Tisch und schenkte den Kaffee ein. Als seine Hand die silberne Kanne berührte, zitterte sie ein wenig. Aber gleich darauf sprach er wieder mit seiner gewohnten, lebhaften Stimme.
»Hat es noch geregnet, als du kamst, Elinor? Ich hoffe, daß es endlich mal aufhört zu regnen – ich finde Novemberregen unmöglich.«
Er reichte ihr eine Tasse und eine andere seinem Vater, während er sprach.
»Nein«, sagte sie ruhig, »es regnet nicht mehr. Es scheint eher, als würde wieder Schnee in der Luft liegen. Sterne waren nicht zu sehen.«

Langsam rührte Mr. Seabury in seinem Kaffee.
»Ich weiß noch«, fing er leise an zu sprechen, »daß damals, als deine Mutter und ich heirateten, Grant – vor einunddreißig Jahren war das – gestern – in dem Jahr fiel schon so früh Schnee, daß der Zug wegen Schneewehen Verspätung hatte, und wir konnten nicht so bald wegfahren, wie wir geplant hatten.«
»Mutter ist an ihrem Hochzeitstag gestorben«, sagte Grant. Er sah Elinor an und sie sah, wie seine Augen in Tränen schwammen.
»Ja«, sagte Mr. Seabury. Er hob seine Tasse und trank den Kaffee mit einem Schluck; dann stand er plötzlich auf. »Ich denke, ich werde nach oben gehen«, sagte er. Dann zögerte er einen Augenblick. »Nein«, murmelte er halb zu sich selbst, »Gute Nacht werde ich noch nicht sagen. Vielleicht komme ich noch einmal herunter –.«
Leise verließ er das Zimmer, ohne einen Blick auf Mrs. Seaburys leeren Sessel zu werfen. Es war sehr still im Raum.
»Nun, Grant?« sagte sie, lehnte sich zurück und sah ihn an. Er würde sicherlich reden wollen, reden und abermals reden – kannte sie ihn nicht schon ihr ganzes Leben lang? Sie würde ihm alle Türen öffnen.
»Elinor!« sagte er. »Ich bin so froh, daß du heute abend gekommen bist!«
Er setzte sich in den Sessel seines Vaters, und sie sah ihn an. Er trug noch immer den schwarzen Anzug, den er den ganzen Tag angehabt hatte, und sein schmaler, wohlgeformter Kopf strahlte sehr viel

Würde aus. Er war ein gutaussehender Mann – ein bißchen zu ernsthaft vielleicht für seine noch nicht ganz siebenundzwanzig Jahre. Aber schon als kleiner Junge hatte er sich von den anderen immer etwas ferngehalten. Weil er ihnen in fast allem überlegen war und nie ganz einer der ihren, bezeichnete ihn manch einer der Buben als Lackaffen. Er ritt gut, denn seine Mutter hatte ihm zu seinem achten Geburtstag ein Pony geschenkt, aber er war auch sehr großzügig, wenn andere Kinder darauf reiten wollten. Er setzte viel Ehrgeiz in das Baseball-Spiel und spielte auch gut, obgleich er nie Kapitän der Mannschaft wurde. Aber Mrs. Seabury hatte ihn schon recht bald aufs Internat nach Andover geschickt, und da seine meisten Kameraden zu Hause in die öffentliche Schule gingen, vergaßen sie ihn. Als er in den Ferien heimkam, tanzte er so gut, daß es wieder welche gab, die ihn für einen Lackaffen hielten, nur daß er auch jetzt so großzügig mit seinem kleinen Auto war, das ihm seine Mutter zum achtzehnten Geburtstag geschenkt hatte. Meist ging er zu Fuß, weil er das Auto einem seiner Freunde geliehen hatte. Als Bobbie Lee es schließlich kaputtgefahren hatte und verzagt und verzweifelt zu ihm kam, um es ihm zu beichten, war Grant unglaublich großzügig gewesen. »Das macht nichts«, hatte er immer wieder gesagt, »ist schon gut, Bob – mach dir nichts draus. Im Internat bin ich damit eh kaum gefahren.«
»Ach Mensch«, hatte Bobbie gestöhnt, »wenn ich das bloß irgendwie wieder gutmachen könnte.«

»Es hätte mir irgendwann genauso passieren können – es war doch schließlich ein Unfall, nicht wahr?« sagte Grant. Und gleich darauf war er wieder fröhlich und sprach von etwas anderem.
Danach legte Bobbie sich mit jedem an, der es wagte, Grant Seabury als Lackaffen zu bezeichnen. Außerdem erhielt Grant in diesem Jahr den Schulpreis und spielte in der Fußballmannschaft des Colleges. Gegen so jemanden konnte man einfach nichts sagen. Nach Beendigung des Colleges bekam er ein Stipendium und studierte Literatur und Pädagogik.
»Grant möchte später gern einmal schreiben«, sagte seine Mutter. Elinor erinnerte sich an Mrs. Seaburys kräftige, weiße Hände, die zupacken konnten. Sie sah sie vor sich, wie sie an den Sonntagabenden mit genau diesem Kaffeegeschirr umgegangen waren.
»Dort, auf der Universität, bekommt er das nötige Rüstzeug dafür.«
Damals hatte Mr. Seabury da gesessen, wo nun Grant ihr gegenübersaß. Er hatte zaghaft eingewandt, daß das Leben die beste Vorbereitung darauf sei. Aber da hatte Mrs. Seabury ihn ziemlich scharf unterbrochen und gesagt:
»Nun, Grant lebt doch, oder nicht? Wenn du damit so etwas meinst, wie herumsausen und verrückte Sachen anstellen – also, ich persönlich habe das niemals für ›Leben‹ gehalten.«
Mr. Seabury hatte nichts darauf geantwortet, sich kurz danach entschuldigt und war nach oben gegangen. Wie sie sich jetzt so erinnerte, fiel ihr auf, daß er

sich fast immer recht bald entschuldigte und nach oben ging. Abend für Abend hatte sie mit Mrs. Seabury allein hier gesessen und sie hatte es gern getan, weil Mrs. Seabury über kurz oder lang immer angefangen hatte, von Grant zu sprechen. Wieder und immer wieder war sie in dieses stille Haus gekommen, um sie über Grant sprechen zu hören. Nicht lange vor der Lungenentzündung, an der Mrs. Seabury dann gestorben war, hatte sie eines Abends zu Elinor gesagt, als sie gerade aufgestanden war, um heimzugehen: »Es ist so schön für mich, mit jemandem zu sprechen, der Grant versteht.«
Damit hatte sie Elinors Arm in ihrer gelassenen Art berührt.
»Ich habe Grant schon immer sehr gern gehabt«, hatte Elinor still gesagt.
»Und er dich auch«, hatte Mrs. Seabury voller Wärme geantwortet. »Jedesmal, wenn er heimkommt, lädt er dich für den zweiten Abend zum Essen ein. Den ersten Abend reserviert er mir.«
Ja, das wußte Elinor. Seit Jahren hielt sie sich schon diesen zweiten Abend nach Grants Ferienbeginn frei und wartete auf den Anruf von Mrs. Seabury, der immer gleich blieb: »Elinor, mein Liebes, Grant kommt übermorgen nach Hause. Magst du nicht den Abend drauf zu uns kommen? – Nein, keine Party, nur so –.«
»Vielen Dank, Mrs. Seabury«, hatte Elinor jedesmal geantwortet, »ich freue mich sehr über die Einladung.« Einmal hätte sie beinahe gejubelt: »Für uns ist

es immer eine Party, wenn Grant heimkommt.« Das war der Sommer nach seiner Abschlußprüfung, als er direkt vom College aus nach Europa gefahren und erst im Oktober heimgekommen war. Aber sie wußte, daß Mrs. Seabury das mißbilligt hätte, und so hatte sie nur das geantwortet, was sie immer auf diese Einladung antwortete. Sie wußte auch, warum Mrs. Seabury sie immer wieder einlud. Mehr als einmal hatte Mrs. Seabury gesagt: »Dir kann ich Grant anvertrauen, Elinor. Heutzutage sind die Mädchen so schrecklich. Sie versuchen mit allen Mitteln, die jungen Männer zu verführen. Ich weiß, daß du darüber stehst.«

Sie sah Grant nun wieder an. Er lauschte auf etwas und runzelte ein wenig die Stirn.
»Ich glaube tatsächlich, daß Vater –«, sagte er und brach ab.
Nun horchte auch sie angestrengt. Aus dem oberen Stockwerk waren leise Flötentöne zu hören.
»Er spielt auf seiner Flöte!« rief Grant aus. »Das ist doch höchst eigenartig – ich verstehe ihn nicht.«
»Meinst du wirklich?« fragte sie. Die Melodie geriet ins Stocken, ein falscher Ton klang an, dann fing sie sich wieder, und Elinor erkannte das Lied »Anni Laurie«.
»Wie kann er nur – an diesem Abend – zu seinem Vergnügen«, sagte Grant, »wo er genau weiß, wie sehr Mutter seine Flöte haßte!«
»Wirklich?« fragte Elinor. »Und warum?«

»Ach, es ist einfach so albern und unnütz«, sagte er. Er schenkte sich selbst noch eine Tasse Kaffee ein und vergaß, sie zu fragen. »Dir kann ich es ja sagen, Elinor: ich glaube nicht, daß mein Vater gut genug für sie war.«

»Ich glaube, dieser Meinung waren viele Leute«, sagte sie sanft. »Aber komisch«, setzte sie dann hinzu, »ich habe ihn niemals Flöte spielen gehört. Wußte gar nicht, daß er das kann.«

»Er spielt schon seit Jahren«, sagte Grant, »obwohl er ganz unmusikalisch ist. Mutter war viel musikalischer. Für sie war es qualvoll, wenn sie abends nach Hause kam, müde von den wirklich wichtigen Dingen, die sie tat, und dann dieses Gejaule hören mußte. Aber sie bat ihn nur darum, hinauf ins Dachgeschoß zu gehen, wenn er spielen wollte. Abend für Abend hat er sie hier allein gelassen, wenn ich nicht da war, und ist hinaufgegangen.« Grant schwieg einen Augenblick, um zu lauschen. »Aber heute abend scheint er in seinem Zimmer zu spielen«, sagte er dann. »Tut mir leid – hört sich schrecklich an, nicht wahr?« Er verzog das Gesicht, als die Melodie gezogen anstieg und nicht ganz stetig blieb.

»Mir macht es nichts aus«, sagte sie und lächelte über den Rand ihrer Kaffeetasse. »Ich bin auch nicht sehr musikalisch.«

Er stellte seine Tasse hin, trat ans Fenster, zog den Vorhang zur Seite und starrte hinaus.

»Es schneit«, sagte er plötzlich.

»Besser als Regen«, antwortete sie.

Er wandte sich um. »Ja – woher weißt du, wie mir zumute ist?«
»Ich weiß es«, sagte sie leise. »Meine Mutter ist auch gestorben.«
»Das hatte ich vergessen.« Spontan kam er zu ihr. Plötzlich beugte er sich herab und nahm ihre Hand und küßte sie. Sie war so überrascht, daß sie anfing zu zittern. Er hatte sie noch nie zuvor berührt – kein einziges Mal – außer einem flüchtigen, warmen Händedruck, der aber wohl kaum anders war bei ihr als bei anderen Menschen, die er begrüßte.
»Grant ist *sauber*«, hatte Mrs. Seabury einmal gesagt, als sie mit Elinor allein zusammensaß. »Darum brauche ich mir keine Sorgen zu machen.« Sie hatte nicht darauf geantwortet, und Mrs. Seabury hatte dieses Thema rasch wieder verlassen. Jetzt spürte sie seine Lippen, die sich heiß und hart in ihre Handfläche preßten. Rasch ließ er ihre Hand wieder los, sprach kein Wort, sondern wandte sich dem Feuer im Kamin zu. Sie schloß die Hand, wie um seinen Kuß festzuhalten. Ihr Herz schlug so heftig, daß ihr ein wenig schwindlig wurde. Die Flammen im Kamin loderten aus den glühenden Scheiten.
»Ich glaube«, sagte er plötzlich, »es liegt daran, daß sie für mich mehr als eine Mutter war – sie *ist* mir noch jetzt mehr. Sie war so wunderbar – als Frau – als Mensch –.«
Sie antwortete nicht. In ihrer Hand brannte der Kuß wie glühende Kohlen, wie ein Juwel, wie der Splitter eines Sterns.

Er saß vor dem Feuer, die Arme um seine Knie geschlungen.
»Weißt du«, sagte er gedankenverloren, »Mutter hätte damals Bürgermeisterin werden können, als sie sich zur Wahl stellte, aber dann gab sie es auf.«
Sein Kopf war ihrem Knie so nahe, daß sie ihre Hand hätte ausstrecken können, um ihm übers Haar zu streicheln. Aber sie rührte sich nicht. Er sah sie mit seinen dunklen Augen von unten herauf an. »Weißt du, warum?«
»Nein, erzähl«, sagte sie. Ihr kam es nur darauf an, seine Stimme zu hören.
»Als Oberhaupt dieser Stadt hätte sie sich auch mit der Bande aus der Dritten Straße auseinandersetzen müssen. Die hatte ihre Leute in allen einflußreichen Stellen der Stadt. Und sie wollte sich von denen keine Vorschriften machen lassen. Sie beschloß, lieber frei zu sein, um sich unabhängig von einem solchen Amt mit ihnen auseinanderzusetzen und ihre Macht schließlich zu brechen. Das gelang ihr auch. Die Artikelserie von ihr, die in den Zeitungen erschien, hat sie schließlich erledigt. Sie hat die Leute so aufgeregt, daß sich schließlich die Polizei um Jim Connally und seine Konsorten kümmern mußte. Sie sind dann nach New York ausgewichen.« Er hielt inne. »Wir baten sie immer wieder, abends nicht bei offenen Jalousien unten im Wohnzimmer zu sitzen. Sie hätte einem Attentat zum Opfer fallen können. Aber sie hatte keine Angst. Sie sagte: ›Wenn sie mich umbringen, wird jeder wissen, daß das, was ich behaupte, wahr

ist.‹« Seine Stimme zitterte. Plötzlich stand er auf, versteckte seine Hände in den Hosentaschen und blieb vor ihr stehen. Er starrte auf sie hinunter, aber sie wußte, daß er sie gar nicht sah. »Außer mir hat sie kein Mensch wirklich gekannt«, sagte er. »Ich wünschte, ich könnte jeden von dem überzeugen, was sie war!« Seine Stimme wurde jetzt leidenschaftlich. »Wenn ich mir vorstelle, daß jetzt alles zu Ende ist – ihr Leben – ihr Sein – wenn ich daran denke, daß alles, was sie war, jetzt – da draußen – zu Ende – begraben – ich könnte – mich umbringen!« Er lehnte sich an den Kaminsims und sein Kopf sank auf seine Arme.

Sie war entsetzt. Sie sprang auf und legte ihm ihren Arm auf die Schulter. »Nein, nein«, rief sie. »Grant, wenn sie dich jetzt hören könnte, wäre sie sehr ungehalten über dich! So etwas darfst du nicht sagen!«

Er hatte ihr zugehört. Angespannt hörte er ihr zu, und sie beeilte sich weiterzusprechen. »Hörst du, wie undankbar das von dir wäre – aber wenn du weiterlebst und arbeitest, lebt immer ein Teil von ihr. Du bist ein Teil von ihr – sie hat das so sehr empfunden.«

»Ich weiß nur, es gibt nichts, das ich wirklich ohne sie tun kann.« Seine Stimme klang mutlos und gedämpft.

»Diese vielen Bücher, die du schreiben wolltest und die sie von dir erwartete«, erinnerte sie ihn. Sie hatte ihren Arm rasch wieder zurückgezogen, als er sich nicht rührte. Nun bewegte er sich, jedoch nicht auf sie zu, sondern nur, um ungeduldig hin- und herzugehen.

»Ich habe nichts zu sagen«, rief er. »Ich kann an nichts anderes denken – außer an sie. Sie war noch sehr jung, weißt du, Elinor – erst neunundvierzig. Mein Gott, wir meinten, unser Leben liege noch vor uns – ihres und meins. Mein Vater hat nicht die gleichen Interessen. Ich kann nicht an andere Menschen denken – mir Geschichten über sie ausdenken, meine ich. Nein, ich glaube, ich werde Papa überreden, mit mir zu verreisen – ich muß mich um ihn kümmern und da könnte man ebensogut – nach Ägypten, vielleicht! und Indien – sie wollte immer nach Indien reisen und wir hatten uns vorgenommen, dorthin zu fahren, wenn sie etwas Zeit hätte –.«
Sie stand da und dachte angestrengt nach. Wie konnte sie verhindern, daß er fortfuhr – daß er sie verließ?
»Warum schreibst du dann nicht über sie?« fragte sie.
»Über sie *schreiben*?« wiederholte er.
»Ja«, sagte sie, »eine Biographie, wenn du so willst – oder vielleicht einen Roman, der die Menschen sie so zu sehen lehrt, wie du sie siehst. Dadurch würde sie weiterleben.«
»Ja«, sagte er langsam. »Dadurch würde sie weiterleben, das ist richtig!«
Sie sahen einander gespannt an. Er dachte nicht an sie, aber sie dachte nur an ihn, fühlte ihn, verleugnete sich selbst, schenkte sich ihm nicht in ihrer eigenen Person, sondern als diese andere Frau, die seine Mutter war.
»Ja, ich glaube, das könnte ich.« Er ging im Zimmer auf und ab. »Ich glaube – was wäre besser, Elinor, ein

Roman oder ihre Biographie? Biographie – obwohl sie überregional gerade erst anfing berühmt zu werden durch diese Seminare für Frauen, mit denen sie vor drei Jahren begonnen hatte. Sie war zu der Erkenntnis gekommen, daß der Hauptgrund für den mäßigen Erfolg der Frauenbewegungen darin lag, daß Frauen es nicht gewohnt waren, in politischen Dimensionen zu denken und nicht wußten, wo sie beginnen sollten. Sie waren weithin bekannt – ihre Seminare. Sie erklärte immer alles so gut.« Während er auf und ab ging, machte er Pläne. »Ja, ich glaube, eine Biographie, voller Geschichten über sie, weißt du, aber alle wahr. Das würde mir zusagen.« Er blieb neben ihr stehen. »Elinor, meine Liebe, du hast mir etwas gegeben. Du hast mir meine Mutter zurückgegeben.«

Sie antwortete nicht. Sie standen da und sahen sich an. Von oben kam das schwache Gejaule von Mr. Seaburys Flöte. Er spielte, sehr langsam und traurig, ein schottisches Lied. Ungeduldig drehte Grant sich um. »Diese Geräusche –.«

Aber da unterbrach sie ihn. »Nicht«, sagte sie. »Woher willst du wissen, was ihn jetzt tröstet? Die Menschen finden in den wunderlichsten Beschäftigungen Trost.« Dann sprach sie rasch weiter: »Setz dich – laß uns weiter über das Buch nachdenken.«

Er setzte sich und vergaß die Flöte.

»Ja«, sagte er eifrig, »das kann eine sehr wichtige Sache werden. Ich fange an, das zu begreifen. Ja, es kann gar kein Mißerfolg werden.«

Das Flötenspiel hatte aufgehört. Leise kam Mr. Seabury die Treppe herunter. Die Tür öffnete sich und da stand er. Er sah erholt aus, fast als hätte er geschlafen. »Nun, nun!« sagte er.
»Wir haben uns etwas ausgedacht, Vater!« sagte Grant aufgeregt.
»Ach wirklich?« erkundigte sich Mr. Seabury nur mäßig interessiert.
»Eine Biographie – über Mutter!«
Mr. Seabury setzte sich und legte seine Hände auf die Knie und dachte angestrengt nach.
»Das müßte eine gute Sache werden«, sagte er, »eine phantastische Sache. Sie ist genau die Persönlichkeit, die sich in einem Buch gut ausnehmen würde.«
Dann schwieg er wieder und starrte ins Feuer.
»Ich wünschte, ich wüßte mehr über ihre Kindheit«, sagte Grant leidenschaftlich. »Ich wünschte, ich wüßte alles über sie!«
Mr. Seabury antwortete nicht.
»Wann haben Sie sie kennengelernt, Mr. Seabury?« fragte Elinor sanft.
Mr. Seabury zuckte unmerklich zusammen und sah auf. Seine Augen waren von einem wässrigen Blau, und sein graues Haar war so lockig wie das eines Babys. In seinem einfachen, rosigen Gesicht lag tatsächlich irgend etwas Infantiles.
»Ethel?« fragte er. »Oh, ich glaube, ich kannte Ethel schon immer. Ihre Familie zog aus dem Westen hierher, als sie noch ein Baby war und noch bevor ich geboren wurde. Sie war nur wenig älter als ich – gera-

de genug, um mir überlegen zu sein, könnte man sagen. Sie wohnten direkt nebenan. Sie pflegte zu sagen, daß sie mich aufgezogen hat – hat sie wohl auch in gewisser Weise, glaube ich.«

»Wie war sie als junges Mädchen?« fragte Grant begierig.

»Nein«, unterbrach Elinor. »Wir wollen ganz am Anfang anfangen. Was ist Ihre erste Erinnerung an sie, Mr. Seabury?«

Mr. Seabury überlegte und seine Stirn legte sich in Falten. Wieder starrte er in das Kaminfeuer.

»Nun«, begann er zögernd. »Ethel war schon immer außergewöhnlich für ihr Alter. Sie hat die anderen Kinder ganz schön herumgeschubst.« Er kicherte. »Einmal kam sie aus der Sonntagsschule herausgestürmt mit so einem großen, bebänderten Hut und steifen, gestärkten Röcken, und da sagte sie zu mir: ›Ich werde mich ab jetzt nicht mehr prügeln, George Seabury‹, sagte sie. ›Der Lehrer hat gesagt, es sei gemein. Und wenn sich einer mit mir prügeln will, schlag' ich ihn zusammen.‹« Er lachte. »Weiß nicht, warum mir gerade das einfällt, aber so ist es nun mal.« Sie lachten alle und Elinor fragte: »Ist das Ihre erste Erinnerung an sie?«

»Nein«, sagte Mr. Seabury, »Nein, ich weiß nicht. Tatsache ist, ich kann mich an kein erstes Mal erinnern. Das früheste, an das ich mich erinnern kann, daß Ethel bereits da war. Sie war immer da.«

»So wie jetzt«, sagte Grant mit leiser Stimme, »es scheint unvorstellbar, daß sie's nicht wäre.«

Daraufhin verfielen alle in Schweigen, und Elinor spürte genau die Verschiedenartigkeit der Trauer beider Männer. Sie selbst schien überhaupt nicht mehr zu existieren. Es gab nur Mrs. Seabury und diese beiden Männer, deren Leben sie gewesen war.
»Sie war wunderbar«, murmelte sie sehnsüchtig. Ja, sie muß wunderbar gewesen sein, daß sie Grants Liebe so vollkommen für sich gehabt hatte, durch die ganze Kindheit und Jugend, bis jetzt.
»Sie war noch viel mehr als das«, sagte Grant. »Sie war alles, was ein menschliches Wesen überhaupt sein kann. Sie hatte den Geist und den Verstand eines Mannes und das Herz einer Frau. Es wird nie wieder jemanden geben wie sie.«
Elinor stand plötzlich auf.
»Ich muß jetzt nach Hause«, sagte sie. »Es ist schon spät.«
»Ich werde dich begleiten«, sagte Grant und stand auf.
»Nein, bitte nicht«, sagte sie. »Ich möchte allein gehen. Ich hab' mein Auto gleich vor der Tür.«
»Dann will ich dir wenigstens deinen Mantel holen«, sagte Grant. Er ging hinaus und kam gleich wieder zurück mit dem Mantel über dem Arm. Sie schlüpfte hinein und spürte einen Augenblick lang seine Berührung auf der Schulter, seinen Atem an ihrer Wange. Für einen Moment waren seine Augen ganz nah, freundlich und voller Wärme.
»Ich dank' dir so sehr, daß du uns auf den Gedanken mit dem Buch gebracht hast«, sagte er. »Ich kann dir

gar nicht sagen, wie sehr das alles ändert – es gibt mir Gelegenheit, etwas für sie zu tun. Warte – laß mich deinen Mantel zuknöpfen.«

Sie stand still, voll innerer Spannung, während er gekonnt ihren Mantel zuknöpfte.

»Das habe ich bei Mutter auch immer getan«, sagte er. »Jetzt bring ich dich noch zu deinem Wagen.«

»Mach dir doch keine Umstände«, sagte sie.

»Sind keine Umstände«, gab er zurück. »Warte – ich hol' noch rasch einen Schirm, weil's schneit.« Er eilte hinaus und sie stand da, einen Augenblick lang.

»Gute Nacht, Mr. Seabury«, sagte sie.

»Gute Nacht, mein Liebes«, antwortete er. »Und vielen Dank, daß du vorbeigekommen bist. Dadurch waren wir beide nicht so einsam.«

Sie zögerte. »Ich finde Ihr Flötenspiel sehr schön«, sagte sie dann leise. Grant konnte jeden Augenblick an der Tür sein.

Mr. Seabury sah strahlend zu ihr auf.

»Wirklich?« rief er. »Also, die meisten Menschen mögen keine Flöte.«

»Ich schon«, sagte sie. »Ich hoffe, Sie bleiben weiterhin dabei.«

»Das will ich auch«, sagte Mr. Seabury.

»Fertig?« Grant stand in der Tür.

»Ja«, sagte sie.

Sie gingen hinaus. Es schneite jetzt sehr stark und war sehr kalt geworden. Sie liefen durch den Schnee und da stellte sie fest, daß ihr Motor bereits lief. Er war hinausgegangen und hatte ihn angelassen und die

Heizung angestellt. »Wie lieb von dir«, sagte sie und kroch auf den Sitz. Er hielt den Schirm schützend über sie beim Einsteigen. Sie blickte flüchtig auf sein vertieftes, ängstliches Gesicht.
»Ich lasse dich nicht gern alleine gehen«, sagte er. »Ruf' mich an, wenn du zu Hause bist. Die Straßen werden ziemlich glatt sein.«
»Ja, das mach' ich«, sagte sie. Sie wartete noch einen Moment. Er war so lieb. Er sollte alles haben, was er sich wünschte.
»Elinor«, sagte er plötzlich, »willst du etwas für mich tun?«
»Ja«, sagte sie, »ich will alles für dich tun, Grant.«
»Dann hilf mir – ihr Buch zu machen!«
Sie lächelte ihn ein wenig traurig an.
»Ja«, sagte sie wieder.
»Und morgen fangen wir an?«
Sie nickte.
»Alles, was du willst«, sagte sie. Nachdem sie gewendet hatte, stand er immer noch da im Schnee. Sie winkte ihm zu, und er winkte ihr zurück, und dann fuhr sie weiter.
So war Mrs. Seabury also doch noch nicht gestorben. Morgen und von da an Tag für Tag würden sie und Grant sie wieder auferstehen lassen und sie ins Leben zurückholen. Sie wünschte, sie hätte nie an dieses Buch gedacht. Aber nein, ohne diese Idee hätte sie ihn verloren. Er wäre auf Reisen gegangen und sie wäre zu stolz gewesen, ihm zu folgen. Sie fuhr weiter durch das Schneegestöber. Wie winzige helle Pfeile

schossen die Schneeflocken im Scheinwerferlicht gegen ihre Windschutzscheibe.

Es war so, als würden sie und Grant Mrs. Seabury aus Ton modellieren. Jeden Tag wurde die Gestalt deutlicher, abgerundeter, vervollständigt in ihren Linien, so daß sie dem immer ähnlicher wurde, was sie beide gekannt hatten.
»Wir wollen zurückgehen zu dem allerersten Augenblick ihres Lebens«, sagte Grant am ersten Morgen in der Bibliothek. »Ich wünschte, meine Großeltern würden noch leben. Nun, da sie nicht mehr da ist, wird mir klar, daß Mutter eigentlich ein einsamer Mensch war. In Wirklichkeit wußte niemand sehr viel über sie.«
Es war zehn Uhr früh. Vor einer Stunde hatte Mr. Seabury seinen grauen Mantel angezogen, seinen Hut genommen und war wie gewöhnlich zur Arbeit gegangen. Er war Angestellter in der Bank, in der Elinors Vater Präsident war. Sie konnte sich noch an den Sonntagmorgen erinnern, als Mrs. Seabury gekommen war, um mit ihrem Vater darüber zu sprechen. Das war kurz nachdem Mr. Seabury mit seinem Schuhgeschäft zum zweiten Mal bankrott gegangen war. Elinor war aufgestanden, um das Zimmer zu verlassen, als Mrs. Seabury hereinkam, aber Mrs. Seabury hatte sie aufgehalten.
»Bleib ruhig hier, mein liebes Kind«, hatte sie gesagt. »Ich habe keine Geheimnisse. Ich komme als Bittstellerin. Mr. Brame, ich kann es nicht zulassen, daß

Harry das Geschäft erneut eröffnet. Außerdem habe ich nichts – ich kann es mir einfach nicht leisten, daß er es tut. Inzwischen ist schon beinahe ein Drittel meiner kleinen Erbschaft dabei draufgegangen und ich muß schließlich auch an Grant denken.« Sie hatte hübsch und ruhig und ein wenig pathetisch ausgesehen. »Ich glaube, daß Harry jemanden über sich braucht. Er ist einfach nicht für die Selbständigkeit gemacht.«

Das war nun schon zwölf Jahre her. Seither war Mr. Seabury Tag für Tag regelmäßig in die Bank gegangen. Ob er seine Arbeit liebte oder nicht, wußte niemand zu sagen. Niemand hatte ihn je danach gefragt.

»Ich finde, wir sollten ihrer Familie einen gewissen Hintergrund geben«, hatte Grant gesagt. »Schließlich sind Frauen wie Mutter kein Zufall. Ihr Vater war ein weithin bekannter Richter – ich kann mich noch an ihn erinnern – ein hochgewachsener, dunkler, weißhaariger Mann auf einem Pferd.«

»Gab es noch mehr Kinder in der Familie?« fragte sie. Grant mußte seinem Großvater ähnlich sehen. Ein Richter! Ja, auch Grant würde ein guter Richter sein.

»Es gibt noch einen jüngeren Bruder – ein Taugenichts«, sagte Grant. Seine Lippen verzogen sich nach unten. »Ich habe ihn niemals Onkel genannt. Er kommt hie und da zu Besuch – meine Mutter hat ihm immer Geld gegeben. Aber nie hat sie viel über ihn gesprochen, nicht einmal mit mir. Sie war so loyal.« Er schwieg eine Weile und fuhr dann fort. »Einmal, als ich noch ein kleiner Junge von ungefähr zehn war, habe ich gelogen. Ich werde nie ihr Gesicht vergessen. Sie hat mich nicht geschimpft. Sie flüsterte: ›Wirst du mich denn auch enttäuschen, Grant?‹ Sie war sehr bleich und sah so entsetzt aus, daß ich anfing zu weinen.« Er erhob sich aus seinem Sessel, ging einmal auf und ab und setzte sich dann wieder. »An dem Tag damals faßte ich den Entschluß, als Mann so zu werden, wie sie mich haben wollte.«

»Und das bist du auch geworden«, sagte sie und lächelte ein wenig hintergründig. Es mußte wirklich etwas Wunderbares an Mrs. Seabury gewesen sein.

»Ich versuch's«, sagte er. »Nun! Wir wollen alles, was wir haben, in Stichworten festhalten, damit wir einen Überblick bekommen.« Sie nahm ihren Bleistift zur Hand, und er fing rasch an. »Vorfahren, väterlicherseits Schotten, mütterlicherseits Engländer. Im Jahre 1753 wanderte die Familie nach Amerika aus. Der erste war ein jüngerer, besitzloser Sohn eines Barons und kaufte Land, aber er konnte keine Farm bewirtschaften, und so verkaufte er das Land wieder und begründete einen Handel mit dem Orient und wurde reich damit. Seine beiden Söhne studierten in Harvard. Einer davon wurde später Historiker und der jüngere wurde Richter. Fast in jeder Generation hatte es einen Richter gegeben. Mein Urgroßvater kandidierte für den Gouverneursposten des Staates und verlor die Wahl nur ganz knapp.«

Sie schrieb alles rasch mit.

»Komisch ist das«, sagte er plötzlich unruhig. »Ich vergesse es immer wieder. Wohl ein halb dutzendmal heute vormittag habe ich zu mir gesagt: ›Das muß ich Mutter nochmal fragen.‹ Sie hat mir das alles mal erzählt, aber . . .«

»Hat sie vielleicht ein Tagebuch oder etwas Ähnliches hinterlassen?« fragte Elinor.

Er sah sie an. »Daran habe ich noch gar nicht gedacht«, rief er. »Komm, sehen wir nach.«

Sie gingen zusammen hinauf bis zur Tür von Mrs. Seaburys Zimmer. Als sie das letzte Mal hier war, hatte Mrs. Seabury tot auf ihrem Bett gelegen, mit einem Laken bedeckt.

»Ich habe Rhodes gesagt, daß nichts angerührt werden soll«, sagte Grant, »aber ich war nicht mehr hier – seitdem.«

Sie berührte flüchtig seine Hand und er hielt sie eine Weile in der seinen und ließ sie dann wieder los. »Ich bin froh, daß du da bist«, sagte er.

Er öffnete die Tür. Das Zimmer war sehr ordentlich und die gelbe Tagesdecke aus Satin lag faltenlos auf dem großen Bett. Die Jalousien waren halb heruntergelassen, und die Sonnenstrahlen fielen in leuchtenden Rechtecken auf den malvenfarbigen Teppich. Es war ein hübsches Zimmer, aber schlicht und sehr still. Es hätte ein Zimmer in einem guten Hotel sein können, wenn nicht dort drüben an der westlichen Wand Dutzende von Photos von Grant hingen, Grant in jedem Alter.

»Oh, Grant!« rief Elinor aus, »ich wollte mir diese Bilder schon immer einmal ansehen!« Sie vergaß Mrs. Seabury und trat vor die Bilder. Sie hatte sie sich schon immer aus der Nähe ansehen wollen, aber sie war noch nie in diesem Zimmer allein gewesen und Grant würde nicht, wie Mrs. Seabury, bemerken, mit welcher Intensität sie die Bilder betrachtete. Sie blickte interessiert auf ein pausbackiges Babygesicht. Es war ein ernsthaftes, ruhiges kleines Gesicht, aber die Augen wirkten sehr lebhaft. Und der kleine Junge und der größere daneben, sie waren derselbe Grant, lebhaft und gewissenhaft zugleich. Er lächelte jetzt ein wenig verlegen.

»Mutter ließ mich an jedem Geburtstag photographieren«, sagte er. »Ich habe es gehaßt, aber ich habe es ihr nie gesagt. Jetzt bin ich froh darüber, daß ich es nicht getan habe.«

Aber er war nicht an sich selbst interessiert. Er ging zu dem Mahagonischreibtisch in einer Ecke des Zimmers und fing an, die Schubladen aufzuziehen. Dann zögerte er. »Diesen Schreibtisch habe ich noch nie zuvor angerührt«, sagte er. »Mir ist ganz seltsam zumute – als wäre es nicht richtig –.«

»Soll ich es für dich tun?« fragte sie.

»Wenn es dir nichts ausmacht?« gab er zurück.

Sie antwortete nicht, weil sie nicht wußte, ob es ihr etwas ausmachen würde. Ein wenig schon, einen Moment lang, aber nicht so sehr wie ihm. Also zog sie die Schubladen auf, während er ihr zusah. Alles lag sehr ordentlich an seinem Platz in den Schubladen. Papiere waren zusammengeheftet und die einzelnen Päckchen beschriftet.

»Das sind alles persönliche Papiere«, sagte er. »Ihre

Geschäftskorrespondenz ist in ihrem Büro in der Stadt.«
Einige, wenige Briefe waren mit »Harry« beschriftet. Sie waren so selten voneinander getrennt gewesen, daß für Briefe kaum eine Notwendigkeit bestanden hatte. Aber die große, untere Schublade war voll von Grants Briefen. »Mein Sohn« stand auf dem ordentlichen, maschinengeschriebenen Schildchen.
»Die werden wir nicht brauchen«, sagte Grant rasch. Aber außer diesen gab es eigentlich recht wenig andere Briefe – fast keine Briefe von Freunden. In einem winzigen Schubfach lagen drei Briefe neueren Datums, die noch nicht zusammengebunden und beschriftet worden waren. Grant öffnete sie, warf einen Blick drauf und ließ sie dann in den Papierkorb fallen.
»Peter – mein Onkel«, sagte er kurz, »will Geld.« Einen Brief nahm er wieder aus dem Korb heraus und zeigte ihr eine Notiz unten auf der Seite in Mrs. Seaburys energischer, klarer Handschrift. »65 Dollar geschickt. Mehr kann ich im Moment nicht entbehren und habe entsprechend geschrieben.« Sie warf einen kurzen Blick auf die ungleichmäßige, nervöse Handschrift darüber: »Ethel, Liebling, Ich weiß nicht, was ich ohne eine solche Schwester tun sollte. Ich verspreche –«
»Ich habe nie von deinem Onkel gehört«, sagte sie. »Seltsam.«
»Du wirst es nicht mehr für seltsam halten, wenn du ihn je kennenlernen wirst«, sagte Grant.

In diesem Augenblick fanden sie das Tagebuch. Es lag in einer flachen, oberen Schublade des altmodischen Schreibtisches, ein großes, festgebundenes Buch. Elinor entdeckte es und nahm es heraus.

»Grant, schau!« rief sie.

Er beugte sich über sie und öffnete das Buch. Auf die erste Seite hatte Mrs. Seabury *Mein Tagebuch* geschrieben. Unten auf der Seite stand mit frischerer Tinte: »Anmerkung: Dieses Tagebuch darf als Quelle für eine etwaige Biographie über mich benutzt werden.«

»Sie hat an alles gedacht«, sagte Grant.

»Ja, wirklich!« stimmte Elinor zu. Woher rührte nur ihre unterschwellige Ablehnung gegen Mrs. Seabury? Sie blätterte die Seite um. Mrs. Seabury hatte das Buch schlicht eröffnet: »Im Jahre 1753 –« und in der gleichen, klaren und festen Schrift ging es weiter, Hunderte von Seiten. Vor Jahren schon hatte Mrs. Seabury praktisch mit ihrer eigenen Biographie begonnen.

Sie lasen es sich in der Bibliothek abwechselnd gegenseitig vor. Es war die Geschichte einer starken, arbeitsamen Frau mit einem ausgeprägten Gewissen. Bereits als kleines Mädchen sprach sie schon von Pflichten. Sie hatte ihrem Vater zugehört, wenn er von seinen Fällen erzählte.

»Mein Vater hat seine große Verantwortung niemals leicht genommen«, schrieb sie. »Am Abend, wenn wir uns alle um den Eßtisch versammelt hatten, erzählte er uns von den Menschen, über deren Schicksal er an diesem Tage entschieden hatte. Er wußte, daß von seinen Entscheidungen menschliche Schicksale abhingen. Er glaubte, daß Menschen durch mangelndes Wissen kriminell würden. Eines Tages wurde ihm eine Frau vorgeführt, die des Mordes an ihrem Kind angeklagt war – ihr achtes Kind. Als sie gefragt wurde, warum sie dieses Baby umgebracht habe, schien sie wie benommen, sagte er, und sie murmelte leise, daß sie es nicht länger ertragen konnte, es schreien zu hören. Meine Mutter war empört, aber mein Vater sagte, als er das Gesicht der Frau sah, habe er sie verstehen können – sie war ungebildet und sehr müde und so arm. Als er diese Geschichte erzählte, faßte ich den wichtigsten Vorsatz für mein Leben. Ich wollte mich um die Aufklärung der Frauen kümmern.«

Aus dem ernsthaften Kind wurde im College ein ernstes junges Mädchen. »Ich wurde in meiner Klasse zur Klassensprecherin gewählt, und in dieser Position versuchte ich mehr zu tun als meine Vorgängerinnen. Die Mädchen wußten schrecklich wenig über das Leben und über ihren Platz in der Welt. Bei jeder Zusammenkunft verbrachte ich zehn Minuten damit, ihnen ihre Bedeutung als menschliches Wesen klarzumachen. Aber die meisten von ihnen hatten über die Ehe hinaus keinerlei Ehrgeiz.«

Daraus ergab sich das Bild eines Wesens, das gleichzeitig streng und mitleidig war. Sie hatte ein Herz. Es schmerzte sie, wenn andere leiden mußten. Aber sie war auch von unerschütterlicher Selbstsicherheit.

Und dieses hochgewachsene, strenge Mädchen, das der Ehe so skeptisch gegenüberstand, kam nach Beendigung des Colleges heim und heiratete noch innerhalb eines Jahres Harry Seabury . . .
Die Fabriksirenen heulten. Es war Mittag. Sie sahen von den engbeschriebenen Seiten auf.
»Ich muß nach Hause«, rief Elinor, »aber ich kann kaum aufhören zu lesen. Grant, kommt dir deine Mutter nicht ein wenig pathetisch vor?«
»Nein«, sagte er. »Nein – nur wunderbar!«
Er blickte ehrfurchtsvoll. Er schloß das Buch und legte es auf den Tisch. »Ich werde nicht weiterlesen, bis du zurück bist.«
»Ich werde meinem Bridge-Club absagen«, sagte sie. »Das macht gar nichts. Ungefähr um drei bin ich wieder hier, einverstanden?«
»Ich danke dir«, sagte er.
Sein Blick ruhte lange auf ihr, aber sie wußte, daß er sie gar nicht sah. Er sah nur dieses hochgewachsene, ernsthafte Mädchen vor sich.

Am Nachmittag, als sie die Auffahrt hinauffuhr, sah sie Mr. Seabury. Er saß auf einer Bank, die in einem kleinen Halbkreis von Kiefern stand. Untätig saß er da und ließ sich von der Sonne bescheinen, weil es Samstag nachmittag war und die Bank geschlossen hatte. Plötzlich war es warm geworden an diesem Tag, und der letzte Schnee war rasch verschwunden.
»Guten Tag, Mr. Seabury«, rief sie.
»Hallo, Elinor«, rief er zurück und hob seine Hand

zu einem angedeuteten Winken. Er wirkte ruhig, zufrieden und schläfrig. Sie dachte an das starke, humorlose junge Mädchen, das ihn geheiratet hatte und spürte plötzlich eine heftige Neugier zu erfahren, was er damals von ihr gehalten hatte. Sie ging zu ihm.

»Haben Sie Zeit, ein paar Minuten mit mir zu plaudern?« fragte sie und nahm neben ihm Platz. Die Kiefern gaben ihnen Schutz, so daß man sie vom Haus aus nicht sehen konnte.

»Im Augenblick habe ich nichts anderes als Zeit«, antwortete er liebenswürdig. »Was gibt es, Elinor?«

»Sie wissen ja, daß Grant und ich angefangen haben, an dieser Biographie zu arbeiten«, sagte sie.

Er nickte, und der warme, sorglose Ausdruck auf seinem Gesicht verschwand. Er wurde ernst und vorsichtig.

»Wir haben ein Tagebuch gefunden«, fuhr Elinor fort, »aber darin schreibt sie nicht alles. Würden Sie – würde es Ihnen etwas ausmachen, wenn ich Sie manchmal nach Ihrer Version fragte?«

»Nein«, sagte er. »Ich will euch gerne helfen. Dann zögerte er. »Ethel und ich – wir haben die Dinge manchmal aus recht verschiedenen Blickwinkeln gesehen.«

»Das allein kann schon sehr wertvoll für uns sein«, sagte sie.

»Möchtest du im Moment etwas Bestimmtes wissen?« erkundigte er sich.

»Ja«, antwortete sie. »Ich möchte gerne wissen, wie es dazu kam, daß Sie beide heirateten.«

Die Sonnenstrahlen des stillen Tages strömten warm über sie hin. Er schwieg eine Weile. Mit seinem Spazierstock schob er ein kleines Häufchen brauner Eichenblätter zusammen, die noch feucht waren vom geschmolzenen Schnee.

»Wenn Sie jetzt lieber nicht darüber sprechen möchten –«, sagte Elinor sanft.

»Das ist es nicht«, sagte er. »Ich habe nur versucht, mich zu erinnern. Ich weiß gar nicht so genau, wie es dazu gekommen ist.« Er zog ein Blatt heran und schob es zu den anderen. »Ich wollte die Hochschule nicht fertigmachen. Ich hatte so ein unbestimmtes Gefühl, daß mir die Weiterführung des väterlichen Schuhgeschäfts keinen Spaß machen würde, und ich wollte zur Bühne. Warum gerade die Bühne? Ich weiß es nicht, aber ich spielte auf dem College in ein oder zwei Stücken mit. Ich hatte eine lustige Rolle und die Leute lachten.« Er hielt einen Moment inne und fuhr dann fort: »Sie hatte in diesem Juni damals die Abschlußprüfung gemacht und war nach Hause gefahren. Sie wartete sozusagen ab, was sich ihr als nächstes bieten würde. Mal sprach sie davon, Jura zu studieren und in die Fußstapfen ihres Vaters zu steigen. Dann kam ich in einem Sommer nach Hause – ich war erst im zweiten Semester – und ich wollte nicht zurück ins College. In gewisser Weise waren wir schon immer befreundet gewesen, obwohl ich kaum mit ihr ausgegangen war. Sie war eigentlich nicht das Mädchen, das man zum Tanzen ausführte, obwohl sie recht gut tanzen konnte. Aber irgendwie forderten die Burschen sie selten auf mitzukommen. Nun, da habe ich ihr erzählt, daß ich keine Lust hätte, zurück aufs College zu gehen. Und sie meinte, das sei falsch von mir. Sie hielt es für ihre Pflicht, mir klarzumachen, daß ich eine gute Ausbildung haben sollte. Das gab mir schwer zu denken, und ich bin oft bei ihr drüben gewesen. Ich respektierte ihre Ansichten – Ethels Ansichten habe ich immer respektiert.« Ein kleiner Windstoß wirbelte die Blätter durcheinander, und er begann erneut, sie zusammenzuschieben. »Sie war ein gutaussehendes Mädchen – groß, und ihr Haar war blond und glatt und lang und ihre Augenbrauen gerade wie ein Strich über den Augen – graue Augen, weißt du. Und sie war ehrlich und sehr gerecht. Sie stürzte sich darauf, mir bei meiner Entscheidung zu helfen, was ich nun machen sollte. Mir blieb gar nichts anderes übrig, als sie ob ihrer Fairneß zu bewundern – sie versuchte immer, beide Seiten einer Sache zu sehen. Eines Abends«, – er räusperte sich –, »es war kurz bevor ich wieder ins College zurück sollte – wenn ich gehen würde – war ich bei ihr zu Hause. Wir saßen Seite an Seite auf der alten Couch, die sie damals hatten – und da merkte ich plötzlich, was Ethel für ein großartiges Mädchen war – ein Mädchen, dem man sich vollkommen überlassen konnte und von dem man wußte, daß es einen nie im Stich lassen würde – sie war integer – ja das war Ethel. Und da sagte ich: ›Warum kümmerst du dich so um mich, Ethel?‹ Und da sah sie überrascht aus, als hätte man sie erwischt. Sie überlegte ein paar Sekunden und antwortete dann vollkommen ehrlich: ›Ich weiß nicht – aber ich sorge mich um dich, sehr sogar.‹ Und irgendwie – ich weiß auch nicht wie es kam – habe ich mich über sie gebeugt und sie in die Arme genommen. Ich hatte sie noch nie zuvor berührt. Zu der Sorte Mädchen gehörte sie nicht. Ich hatte noch nie daran gedacht. Aber als ich es nun tat – ich hätte gemeint, daß sie wohl etwas hart und – ablehnend sein würde.« Wieder hielt er einen Augenblick inne. »Aber so war sie gar nicht«, fuhr er mit leiserer Stimme fort. »Sie war so weich, wie man es sich nur vorstellen konnte – und ganz warm. Sie hat mich gewissermaßen – festgehalten an dem Tag damals – und ich habe sie geküßt.« Er sah unvermittelt auf. »Ich glaube, das war alles. Als ich in das Haus kam, hatte ich nicht die leiseste Ahnung, daß ich verlobt wieder herauskommen würde. Aber so war es. Vom College oder von der Bühne war keine Rede mehr. Ich stieg sofort in das Geschäft ein und dann heirateten wir.«

»Waren Ihre Eltern einverstanden damit?« fragte Elinor.

»Allc Leute respektierten Ethel«, gab er zurück. Dann kicherte er. »Ich weiß noch, wie mein Paps sagte: ›Wenn es jemanden gibt, der aus dir was machen kann, dann ist sie's.‹«

Ein Schatten fiel über sein Gesicht. »Ich nehme an, sie versuchte es«, sagte er. »Ich weiß nicht – komisch ist das – aber ich wollte wirklich das tun, was Ethel von mir verlangte – aber irgendwie tat ich's dann doch nicht. Ich meine – ich wußte, daß sie recht hatte. Sie hatte immer recht. Aber irgendwie veranlaßte sie einen, es nicht tun zu wollen. Vielleicht war ich der genaue Gegensatz zu ihr. Grant ist niemals so gewesen.« Er rutschte unruhig hin und her. »Das Seltsamste von allem ist, daß ich nun, da sie nicht mehr hier ist, das tun möchte, was sie von mir wollte. Samstags nachmittags bin ich immer zum Kegeln gegangen. Nun, ihr gefielen die Leute nicht da unten im Hiley's – aber trotzdem bin ich immer hingegangen. Und jetzt sitze ich hier, auf einer Bank, am Samstag nachmittag –.«

Elinor lachte und stand auf. Grant würde schon ungeduldig in der Bibliothek auf sie warten.

»Hoffentlich weiß sie's«, sagte sie.

Mr. Seabury schüttelte den Kopf. »Nicht mal meine Flöte macht mir mehr soviel Spaß wie früher«, sagte er traurig. »Aber ich werde trotzdem weiter üben.«

In der Bibliothek las Grant ihr wieder laut vor.

»Meine langjährige Freundschaft zu Harry Seabury veränderte sich jetzt rasch in etwas anderes, in etwas, das mehr war als nur Freundschaft. Ich sage rasch, und doch weiß ich, daß ich schon immer das Gefühl hatte, ihn zu beschützen. Er war ein impulsiver, eifriger Junge, der oft in Schwierigkeiten war, sowohl als Kind als auch als Jugendlicher. Er war kein Student, und schon in der staatlichen Oberschule, die wir gemeinsam besuchten, fühlte ich mich für ihn verantwortlich, so daß ich ihm bei den Prüfungsvorbereitungen half, besonders in Mathematik, worin ich ausgezeichnet war und die er schwierig fand. Ich hatte wenig Zeit für Jungen, nachdem ich auf dem College war, aber Harry und ich sahen uns während der Ferien, schon weil wir Nachbarn waren. Nach dem Examen stellte ich fest, daß sich meine Kinderfreundschaft zu etwas Größerem kristallisierte. Dann, eines Tages, wollte er nicht mehr auf das College zurück, und ich versuchte, ihn davon zu überzeugen, daß es seine Pflicht sei. Ich glaube an Bildung. Aber während dieser Ferien stellten wir fest, daß wir einander zugetan waren und die Angelegenheit war entschieden. Fünf Monate später heirateten wir. Ich ging mit höchst ernsthafter Hingabe diese Beziehung ein und schwor mir, daß ich niemals, auch nicht auf dem kleinsten, geheimsten Weg, von meiner Treue meinem Mann gegenüber abweichen würde. Aus ehrlichem Gewissen kann ich sagen, daß ich diesen Schwur gehalten habe.«

Grant sah auf.

»Das hat sie«, sagte er. Seine Augen leuchteten und sein Mund war weich. »Sie hat die Ehe als Institution erhöht. Ich weiß noch, wie einmal eine Frau – du kennst sie, Mrs. Cassels – kam, um Mutter zu besuchen. Das war zu dem Zeitpunkt, als sie anfing, sehr unglücklich zu werden, und es war sogar die Rede von ihrer Scheidung von Cassels. Ich erinnere mich, daß ich hier, in diesem Zimmer, jemanden weinen hörte. Ich wollte Mutter etwas fragen, und ich öffnete die Tür ein wenig und hörte sie sagen – und du weißt ja, wie stark und freundlich ihre Stimme war – ›Es kommt nicht darauf an, was er macht, liebe Mrs. Cassels, es kommt auf Sie an. Es ist Ihre Pflicht, diese Ehe richtig zu *führen*, durch Duldsamkeit, durch geduldiges Leiden, wenn nötig, und wenn er Ihnen nicht helfen will, müssen Sie allein die Ehe zu dem erheben, als was sie gedacht ist.‹ Da habe ich die Tür geschlossen und bin weggegangen. Und Mrs. Cassels ging zu ihrem Mann zurück.«

»Aber später ist sie mit einem anderen durchgebrannt, nicht wahr?« fragte Elinor. Sie erinnerte sich an die hübsche Mrs. Cassels und an ihren Mann, der drogenabhängig war.

»Das war einige Jahre später«, sagte Grant. Und nach einer Weile setzte er hinzu: »Sie hatte keinerlei Widerstandskraft.«

Dann nahm er das Buch wieder zur Hand. Sie saß still da und beobachtete ihn. Er las gut, seine Stimme war warm und voller Sympathie, seine Augen blickten liebevoll. Als sie ihm so zusah, dachte sie: »Ich weiß genau, wie Mr. Seabury empfunden haben muß. Grant ist genauso. Wenn er mich liebte, könnte ich ihm bis zu meinem letzten Atemzug vertrauen. Er würde mich verletzen, wieder und immer wieder, aber ich würde ihm immer vertrauen.«

Es geschah eines Abends in ihrem Zimmer, daß sie zum erstenmal daran dachte, – daran, wie sie Grant dazu bringen könnte, sie zu sehen. Sie war in einem Konzert gewesen mit Herbert Johnston, an dem ihr überhaupt nichts lag. Grant hatte gesagt: »Ich hätte dich gerne selber in dieses Konzert geführt, Elinor. Aber mir ist noch nicht so nach Ausgehen – jetzt schon.« Und so, als mache es ihr nichts aus, entgegnete sie: »Ich habe es Bert sowieso versprochen, daß ich mit ihm hingehe.«

Sie hatte in seinem Gesicht nach irgendeinem Zeichen gesucht, ob es ihm etwas ausmachen würde, daß sie mit Bert ausging.

Aber er sagte nur sehr ruhig: »Bert ist ein netter Mensch. Ich denke, ich werde diese Notizen in die endgültige Fassung bringen für die erste Hälfte des Buches. Ihr Leben scheint eine recht abrupte Wendung zu nehmen in dem Augenblick, als sie zum erstenmal in das öffentliche Leben tritt, findest du nicht auch, Elinor?«

»Ja«, sagte sie. »Ich werde morgen um zehn Uhr hier sein, wie immer.«

Als er ihr in den Mantel half, lächelte er auf sie herab. »Du bist ein guter Kamerad«, sagte er dann.

Und so hatte sie den ganzen Abend neben dem dikken, plumpen Bert Johnston gesessen, der einmal das Warenhaus seines Vaters erben würde, eine solide Sache, und hatte der Kunst des großen Violinsolisten gelauscht. Der Frühling kam und die Fenster des Konzertsaales standen offen. Blütenduft strömte durch das Fenster herein, neben dem sie saßen. Die Violine sang und schluchzte, und unruhig wandte sie den Kopf und starrte in die Dunkelheit draußen vor dem Fenster.

Was sollte eine Frau tun, die einen Mann liebte, der

sie nicht einmal sah? Was sollte ein nettes junges Mädchen machen, das einen Mann wie Grant liebte? Grant war anspruchsvoll und überempfindlich – eine Berührung, eine Bewegung, ein einziges Wort konnten sein Gefühl verletzen, und sofort wurde er abweisend. Wie ungleich waren doch die Liebe eines Mannes und die einer Frau noch immer! Es gab Frauen, die sich den Männern hingaben, sogar solche, die einen Mann auffordern konnten, sie zu heiraten, aber stärker als all diese Freiheiten war Grants Empfindsamkeit – und auch ihre eigene. Was andere Frauen taten, spielte keine Rolle. Sie konnte nur das tun, wozu sie in der Lage war. Und sie war nicht in der Lage, Grant rundheraus zu sagen, daß sie ihn liebte. Sie würde sich ihr ganzes Leben lang dafür schämen.
Die Musik wurde ernster. Bert seufzte und bewegte sein Knie; sie rückte weiter von ihm ab und gab sich wieder ihren Gedanken hin.
Grant sah sie nicht einmal – das war das Schlimmste. Er sah niemanden – nur diese eine Frau, die seine Mutter gewesen war. Bevor es ihr nicht gelänge, ihn dazu zu bringen, auch etwas anderes zu sehen, würde sie nie wissen, ob er sie lieben könnte. Sie war jetzt tief in Gedanken versunken, so tief, daß sie die Musik gar nicht mehr hörte oder wußte, wo sie war.
»Gute Nacht, Bert«, sagte sie, als sie vor ihrer Haustür standen. »Hab' vielen, vielen Dank.«
Er blieb zögernd stehen. »Es ist noch nicht spät«, sagte er und setzte dann erwartungsvoll hinzu: »Ich sehe dich kaum mehr in letzter Zeit, Elinor.«

»Ich arbeite auch ziemlich viel«, sagte sie. »Grant und ich schreiben an einem Buch über das Leben von Mrs. Seabury.«

»Verstehe«, sagte er langsam. »Also dann, gute Nacht.«

»Gute Nacht«, sagte sie.

Aus seinem Arbeitszimmer rief sie ihr Vater: »Elinor, bist du's?«

»Ja – komme schon!« rief sie und ging hinein.

Er saß über seiner Briefmarkensammlung. Sie war jetzt schon sehr umfangreich und wertvoll, und er wurde ihrer niemals müde. »Ich habe eine neue indische Marke«, murmelte er.

Sie beugte sich über seine Schulter und besah sich das Stückchen leuchtenden Grüns, auf das der Kopf eines Radschas mit goldenem Turban gedruckt war.

»Komisch«, sagte sie. Sie hatte sich nie für Briefmarken interessiert. Für sie hatten sie nichts Lebendiges. Sie berührte leicht die Wange ihres Vaters. »Ich gehe nach oben«, sagte sie.

»Wie war das Konzert?« fragte er, weil er sie noch nicht gehen lassen mochte.

»Herrlich – oder doch fast«, antwortete sie.

»Fast?« fragte er.

»Na ja, weißt du, Bert ist nicht der richtige Begleiter für ein solches Konzert«, sagte sie lachend.

»Hm«, sagte Mr. Brame. Dann sagte er: »Elinor, ist dir etwas Besonderes an Harry Seabury aufgefallen, seit Mrs. Seabury tot ist?«

»Nein – was denn?« fragte sie.

»Er kommt morgens regelmäßig zu spät – oder überhaupt nicht. Ich möchte ihn nicht raussetzen – aber es ist eigenartig. Dabei zieht er sich völlig korrekt an, so als ginge er in die Bank.«

»Tatsächlich?« fragte sie verwundert. »Nein, ist mir nicht aufgefallen.«

»Nun, sieh ihn dir doch mal daraufhin an. Gute Nacht, mein Liebes.«

»Gute Nacht, Papa.«

Sie ging hinauf in ihr Zimmer. Mr. Seabury – sie durfte nicht vergessen, das zu ergründen. Dann vergaß sie ihn augenblicklich. Sie öffnete ihre Zimmertür und sah das Zimmer von Mondlicht überflutet. Sie ging zu dem Sessel am Fenster, setzte sich und stützte ihr Kinn in die Handflächen. Die einzige Möglichkeit, Grant dazu zu bringen, sie zu sehen, war, ihm klarzumachen, daß seine Mutter tot war – tot und begraben – für immer.

Ich werde diese ganze Geschichte so sehr beschleunigen, wie möglich, dachte sie entschlossen. Er hat alles zu sehr in die Länge gezogen, und ich habe ihn gelassen – er lebt mit ihr, das ist es. Er ist gar nicht mehr in dieser Welt. Es ist unglaublich.

Sie stand auf und knipste das Licht an und zog sich aus, um schlafen zu gehen. Sie fühlte sich nicht im geringsten müde, aber das war egal.

Ich werde Mrs. Seabury umbringen, dachte sie, während sie ins Bett stieg und das Licht löschte. Ich werde sie töten und ein für alle Mal begraben.

Sie blieb einen Moment liegen, ohne sich zu rühren.

Die Fenster waren weit geöffnet, und die süße Frühlingsluft strömte wie Musik herein.
Sie drehte sich um und vergrub ihr Gesicht in den Kissen.
»Oh, *Grant!*« rief sie, einen Moment lang mitgerissen von ihrem Gefühl. Aber dann legte sie sich wieder auf den Rücken, blieb ganz still und gerade liegen und machte einen Plan.

Sie arbeitete jetzt den ganzen Tag, intensiv und eilig, dem Ende von Mrs. Seaburys Leben entgegen. Sie waren jetzt bei der Zeit angekommen, als Mrs. Seabury zu einer Persönlichkeit des öffentlichen Lebens geworden war, so um die Vierzig. Kurz davor hatte sie mit Grant eine scharfe Auseinandersetzung gehabt. Es ging um das Thema von Mrs. Seaburys Eheschließung. Es gab da ein paar Seiten in ihrem Tagebuch, kurz nach der Hochzeit, die ein recht obskures Bild von Mrs. Seabury entstehen ließen. Das heißt, was Mrs. Seabury dort geschrieben hatte, stimmte gar nicht mit ihrem Charakter überein. Zum Beispiel war da die Rede von Apfelbäumen in Blütenpracht und einer Bootsfahrt auf dem Fluß. »Harry ist in einer großartigen Verfassung«, schrieb sie da. »Er sagt auch so lustige Sachen, daß ich verstehen kann, daß er so viele Freunde hat. Ich bin sehr glücklich. Ich beginne zu begreifen, daß die Ehe eine gute Sache ist. Unser Heim ist sehr hübsch und gemütlich. Harry arbeitet sehr schwer. Im Augenblick bin ich sehr damit beschäftigt, unser Haus auszustatten und zu organisieren. Später werde ich hoffentlich die Zeit haben, mich auch um die Einzelheiten zu kümmern. Ich glaube, daß Frauen soziale Aufgaben für die Allgemeinheit übernehmen sollten, und daß man die Ehe nicht als Vorwand benützen darf, sich diesen Pflichten zu entziehen. Aber gerade jetzt ist meine Zeit vollends ausgeschöpft. Ich bemühe mich, Harrys Geschmack im Essen, bei Spielen, in der Literatur und so weiter zu ergründen. Ich habe mir fest vorgenommen, eine erfolgreiche Ehefrau zu werden. Zu diesem Thema habe ich mir auch schon verschiedene Bücher gekauft, darunter eines, das sich mehr mit den intimen Aspekten befaßt. Ich muß zugeben, daß es mir nicht leichtfällt, dieses Buch zu lesen, und nicht um die Welt würde ich es in die Hände von Harry fallen lassen. Aber ich fühle mich verpflichtet, auch über diese Dinge informiert zu sein. Ich wünsche mir so sehr, daß Harry glücklich wird.«

»Gestern abend«, schrieb sie weiter, »hatten wir Vollmond. Harry und ich saßen zusammen in unserem kleinen Garten, fast bis Mitternacht. Ich war erstaunt über die Zufriedenheit, die mich erfüllte. Ich fürchte, ich führe derzeit ein faules Leben. Das darf nicht so weitergehen.«

Und später schrieb sie: »Heute abend waren wir auf einem kleinen Tanzfest im Country Club – lauter jung verheiratete Paare. Es war das erste Mal, daß wir zusammen ausgingen. Es hat mich Mühe gekostet, zu meinen Tanzpartnern nett zu sein. Aber ich bemerkte, wie Harry sehr oft mit einer neuzugezogenen Dame lachte, einer kleinen Mrs. Cassels. Sie ist ein zierlicher, dunkler Typ – sehr hübsch, um ehrlich zu sein. Sie sprach pausenlos und sehr fröhlich. Später, als Harry und ich miteinander tanzten, fiel mir nichts anderes als Gesprächsthema ein, als daß der Stadtrat den Entwurf für das neue Verwaltungszentrum gebilligt habe. Ich glaube, ich sollte doch mehr leichte Literatur und Romane lesen. Aber im Augenblick lese ich eine ausgezeichnete Arbeit über Stadtplanung, die höchst interessant ist. Ich kann mich nicht der Überzeugung entziehen, daß das Leben nicht zum Vergnügen gelebt werden sollte.«

Hier hakte Grant ein: »Das muß ich mir gleich notieren, Elinor. Hier liegt der Anfang ihres Interesses für die Stadtplanung.«

»Ach, die Arme!« seufzte Elinor leise.

»Wie meinst du das?« fragte er.

Sie hatte das Tagebuch aufgeschlagen in den Händen, und ihre Augen überflogen die nächstfolgenden Sätze. Er kam zu ihr herüber und sie wies auf eine Zeile.

»Als wir heimkehrten, fragte ich Harry, ob er dunkle oder blonde Frauen mag. Ich weiß gar nicht, weshalb mir diese Frage so wichtig erschien, aber ich stellte sie. Er antwortete, wenn ich damit Mrs. Cassels meinte, so fände er sie recht hübsch. Ich setzte meinen Verstand ein, um das zu bewältigen. Mrs. Cassels ist eine verheiratete Frau, und Harry ist ein verheirateter Mann. Es spielt gar keine Rolle, wie er sie findet.

Schließlich gelang es mir, diesen Gedanken wieder auszulöschen.«

Von da an wurde Mrs. Cassels nicht mehr erwähnt, und Mrs. Seabury wandte sich mit allem Ernst der Stadtplanung zu.

»Wir müssen diesen Aspekt von ihr mit hineinnehmen«, sagte Elinor, »– diese kluge, zurückhaltende Frau, die lernen wollte, fröhlich zu sein – seinetwegen.«

»Nein«, sagte Grant, »das paßt nicht zu ihr.«

»Aber ja, Grant«, widersprach sie.

»Es entspricht nicht dem, was sie wirklich war«, entgegnete er. »Außerdem darfst du nicht vergessen – dieses Buch ist für die Öffentlichkeit – für Tausende von Menschen, die zu ihr aufgesehen und zu ihr aufsehen wollen. Wenn wir einen solchen Aspekt aufnehmen würden, wäre das nicht fair. Sie hat jede Schwäche in sich überwunden. Was wir deutlich machen müssen ist, wie diese Frau wirklich war.«

»Du bist im Irrtum«, rief sie, »du machst sogar einen großen Fehler, Grant! Nicht fair wäre es, sie so perfekt zu schildern, daß sie unglaubwürdig würde. Ein paar Schwächen hat jeder Mensch, sonst ist er unmenschlich.«

»Lieber verbrenne ich alles, was wir hier haben, als daß ich mich erniedrige, über ihre Schwächen zu diskutieren«, antwortete er kalt. »Sie ist meine Mutter, Elinor.«

Sie sahen einander feindselig an. Schließlich war sie es, die nachgab.

»Also gut, Grant«, sagte sie.
Sie wandten sich wieder der Arbeit zu. Wie konnte eine lebende unvollkommene Frau mit einer fehlerlosen toten Frau konkurrieren?

»Jetzt fange ich an, sie so zu sehen, wie ich sie wirklich kannte«, sagte Grant begeistert. »Jetzt fängt sie an, sie selbst zu werden. Ich sehe sie immer noch vor mir, wie sie war, als ich ungefähr fünfzehn war, bevor ihr Haar grau wurde. Sie wurde sogar noch schöner, als sie älter wurde. Ihre Gesichtszüge waren so gütig und sie achtete auf ihre Figur. Erinnerst du dich an das pflaumenblaue Samtkleid, das sie hatte?«
»Ja«, sagte Elinor.
»Darin sah sie wie eine Königin aus«, sagte er und schaute sie zärtlich an. »Sie trug es zum ersten Mal an dem Abend, als sie mit ihrem Seminar im Gemeindefrauenklub begann. Weißt du noch?«
»Nein«, sagte Elinor.
In dem Tagebuch stand jetzt nur noch sehr selten etwas über Harry Seabury – fast nichts, außer einer gelegentlichen Erwähnung der Geschäfte, die nicht so erfolgreich liefen wie zur Zeit seines Vaters – »vielleicht«, stand im Tagebuch, »wegen der allgemeinen Wirtschaftslage. Das, jedenfalls, versuche ich zu glauben, obwohl mein Verstand mir sagt, daß Harry kaum etwas von seines Vaters geschäftlichem Geschick ererbt hat. Ich habe ihm meine Hilfe angeboten, aber das verletzte Harry, und so habe ich nichts mehr gesagt.«

Sie ging von da ab immer mehr in gemeinnützigen Aufgaben auf. Ein neues Krankenhaus wurde gebaut, und sie war Vorstandsmitglied. Dann kam die Möglichkeit einer Konzentration der öffentlichen Schulen zur Sprache, und sie nahm den Kampf um eine konsolidierte Oberschule auf und gewann. Ungefähr zu diesem Zeitpunkt wurde Grant geboren.

»Die Leute fragen mich immer wieder«, schrieb Mrs. Seabury, »ob ich meine Öffentlichkeitsarbeit nunmehr aufgeben würde. Ich sage nein dazu, jetzt weniger denn je. Denn jetzt möchte ich erst recht, daß die Welt sich ändert, damit sie für das Leben meines Sohnes besser wird. Ich muß einfach nur mein Leben besser organisieren, damit ich all meinen Verpflichtungen nachkommen kann . . . Alle sagen, er gleicht mir vollkommen.«

Hier kam ein größerer Absatz und dann später, mit schwärzerer Tinte, stand geschrieben: »Grant ist allein! Nun habe ich schon lange nichts mehr in mein Tagebuch geschrieben. Ich habe herausbekommen, daß eine Bande von Schurken hier in unserer Stadt Betäubungsmittel verkauft hat. Es kam zufällig heraus, durch den Pförtner des Krankenhauses. Mr. Cassels« – der Name war ausgestrichen worden, aber man konnte ihn gerade noch erkennen –, »der zu der Zeit Patient im Krankenhaus war, wurde damit versorgt, und keiner konnte feststellen, wie. Ich nahm die Angelegenheit selber in die Hand und verdächtigte von Anfang an den Pförtner. Er ist Ausländer und hat kein gutes Gesicht. Das hatte ich schon früher festgestellt, jedoch nichts gesagt, weil ich gerecht sein wollte. Ich sah ihn aus einem Privatzimmer kommen und als ich ihn nach dem Grund fragte, antwortete er sehr unhöflich: ›Er ist mein Freund.‹ Natürlich kannte ich den Patienten – ein begüterter Mann – und wußte sehr wohl, daß er ganz sicher nicht mit einem Pförtner befreundet sein konnte. Der lausige Pförtner hatte herausgefunden, daß die Krankenschwester zu bestimmten Zeiten zum Essen ging.«

Hier wechselte sie urplötzlich das Thema und schrieb weiter: »Alles, was ich tue, hat eine ganz neue Bedeutung bekommen, seit mein Sohn geboren wurde. Er ist ein außergewöhnliches, besonderes Kind, sagt Dr. Kenwood. Jeden Tag verbringe ich einige Stunden mit ihm, während derer mich niemand und nichts stören darf.«

Grant blickte auf. »Nichts und niemand hat je ihre Hingabe für mich erschüttert, – für mich und für ihr Zuhause. Selbst wenn sie auf ihre Seminar-Tourneen fuhr, in späteren Jahren, plante sie vorher unsere Mahlzeiten für die Zeit ihrer Abwesenheit.«

»Das steht auch in einem der Briefe«, murmelte Elinor. Sie hatten Dutzende von Briefen gesichtet, die Frauen ihnen geschrieben hatten, als bekannt wurde, daß eine Biographie über Ethel Seabury von ihrem Sohn herausgegeben werden sollte. Sie teilten darin alles mit, was sie von seiner einzigartigen Mutter noch in Erinnerung hatten.

»Ich erinnere mich noch gut an den Tag«, hieß es in einem dieser Briefe, »als die liebe Mrs. Seabury in unseren Club kam. Wir hatten ein gemeinsames Mittagessen und dabei diskutierte sie mit uns das neue Gesetz über Kinderarbeit – darüber wollte sie nach dem Essen ein Referat halten – und plötzlich hielt sie inne und ein bezaubernd zärtlicher Ausdruck trat in ihr feines, kraftvolles Gesicht und sie sagte: ›Dreizehn Uhr dreißig, Mittwoch – da essen meine Lieben in diesem Augenblick gegrillte Koteletts mit Erbsen und gedünsteten Tomaten – und zum Nachtisch gibt es Apfelstrudel und Käse – sie lieben Apfelstrudel.‹ Wir mußten alle lachen, aber wir liebten sie darum. Sie war *wunderbar*!«

Sie verzweifelte schier, im Verlauf dieser Arbeit. Denn Tag für Tag wuchs Mrs. Seabury in gesündere Realität hinein. Grant schrieb jetzt Seite um Seite für das endgültige Buch. Er schrieb gut, gleichzeitig substantiell und flüssig, und zwischen den Zeilen spürte man seine unendliche Hingabe. Er liebte diese Arbeit. Jeden Tag las er Elinor laut vor, was er geschrieben hatte, und sie mußte zusehen, wie Mrs. Seabury glorifiziert und immer deutlicher vor ihren Augen erschien. Vielleicht war es schwerer, diese schillernde Figur umzubringen als es für den Tod gewesen war, ihre Gestalt aus Fleisch und Blut zu holen. Sie kämpfte gegen diese unmenschliche Vollkommenheit.

»Grant, wir müssen sie menschlich machen, weißt du, sonst werden die Leute überhaupt nicht mehr an sie glauben.«

»Ich weiß nicht, was du damit sagen willst«, sagte er.

»Ich schreibe doch nur das, was wahr ist, und ich kenne die Wahrheit.«

In gewisser Weise hatte er recht. Alles, was er schrieb, war die Wahrheit. Mrs. Seabury hatte immer mehr an andere als an sich selbst gedacht, sie hatte einen weiten Horizont und war unermüdlich in ihrer Arbeit. Sie besaß die Gabe, in jeder Situation das Wesentliche zu erkennen, bei nationalen wie bei internationalen Belangen, und diese wesentlichen Punkte konnte sie so klar und schlicht formulieren, daß jeder verstehen konnte, was richtig und was falsch war. Sie war absolut ehrlich, vollkommen furchtlos – sie ließ Gefahren förmlich vergessen, wenn sie sich einmal für eine bestimmte Richtung entschieden hatte. Warum hatte Elinor dann den perversen Wunsch, heimlich gewisse Dinge hineinzubringen, die gar nicht im Tagebuch standen – zum Beispiel die Tatsache, daß sie keinen Funken Humor hatte? Sie kannte genau Mrs. Seaburys tolerantes, distanziertes Lächeln, wenn andere Leute über einen Scherz in brüllendes Gelächter ausbrachen. Sie erinnerte sich an den Tag, als Mrs. Seabury einmal zu ihnen kam, noch bevor ihre Mutter starb. Sie war mit ihrer Mutter draußen im Garten, und sie sprühten gerade den französischen Flieder.

»Ach du meine Güte,« hatte ihre Mutter geflüstert, als Fanny herauskam, um ihnen zu sagen, daß Mrs. Seabury im Wohnzimmer sei. »Sag ihr, daß sie zu uns in den Garten kommen möge.« Und als Mrs. Seabury herausgekommen war, fragte ihre Mutter: »Wie halten Sie es mit Ihrem Flieder, Mrs. Seabury, damit die Blüten voller werden und sich die Zweige nicht schuppen?« Darauf antwortete Mrs. Seabury ganz einfach und ohne es unfreundlich zu meinen: »Ich habe keine Zeit für Blumen, Mrs. Brame. Es gibt so viel Wichtigeres zu tun.«

»Ach ja«, sagte ihre Mutter daraufhin, »sicherlich haben Sie recht.«

In diesem Augenblick hatte Elinor Mrs. Seabury gehaßt für den nüchternen, fast beschämten Ausdruck, der auf dem sonst so fröhlichen Gesicht ihrer Mutter erschien. Aber eigentlich war es natürlich ganz unmöglich, Mrs. Seabury zu hassen. Denn dann sagte sie nachdenklich: »Ich könnte Mrs. Gregg in Cincinnati fragen, was man am besten wegen der Schuppen unternimmt, Mrs. Brame. Ihr Mann ist Gärtner.« Und einen oder zwei Monate später kam ein vier Seiten langer, maschinengeschriebener Brief über Fliederschuppen, mit einer kurzen Begleitnotiz an Mrs. Seabury.

Das war im gleichen Jahr, als Mrs. Seabury die Gemeindekasse so gut organisiert hatte, daß es zu Weihnachten keinen Haushalt außerhalb der Dritten Straße gab, der nicht seinen Truthahn im Topf hatte. Aber Mrs. Seabury hatte es nicht einfach hingenommen, als ihre Mutter in dem Komitee nicht mitarbeiten mochte.

»Aber nein, meine Liebe«, hatte ihre Mutter lachend gesagt. »Ich habe nicht die geringste Begabung für derlei Dinge.«

»Das ist keine Sache der Begabung sondern eine der Pflicht«, hatte Mrs. Seabury etwas verärgert, wenngleich ruhig gesagt.
»Oh, ich kümmere mich nie um meine Pflichten«, hatte ihre Mutter schnippisch geantwortet. Mrs. Seabury gegenüber geriet ihre Mutter leicht in diesen schnippischen Ton – obgleich sie eigentlich gar nicht so war. Am liebsten hätte sie Mrs. Seabury entgegengeschrien: »Meine Mutter ist *gut* – immer wieder gibt sie armen Leuten Essen und Kleidung.« Aber sie hatte es nicht gewagt. Hätte sie es gesagt, so hätte ihre Mutter es sogleich abgestritten und den bloßen Gedanken weit von sich gewiesen.
»Ach, Nellie, das ist ja gar nicht wahr!« würde sie protestiert haben. »Ich werfe nur die alten Sachen fort, die ich nicht mehr mag. Ob sie dann jemand aufliest oder nicht, ist mir doch ganz gleichgültig!«
So hatte sie damals lieber den Mund gehalten, und nachdem Mrs. Seabury wieder fortgegangen war, hatte ihre Mutter sie in die Arme genommen und wie wild gedrückt und gerufen: »Versprich mir eins, mein Liebling, daß du niemals – niemals – niemals eine wunderbare Frau werden wirst!«
»Versprech' ich!« hatte sie ganz atemlos herausgebracht.
Es stimmte schon, solcherlei Dinge konnte man nicht in einem Buch schreiben. Das waren so unantastbare Dinge, die sich ganz rasch im Nichts auflösten vor der soliden Realität einer Mrs. Seaburys Liga für die politische Erziehung der Frauen. Alle waren über-

rascht und sogar leicht empört, als sich Mrs. Seabury gegen die Prohibition aussprach. Sie entsprach so ganz und gar der Vorstellung einer Person, die dafür sein müßte. Aber nein, sie sagte: »Die Prohibition ist zuerst einmal verfassungswidrig. Ich hasse den Alkohol, aber mehr als Alkohol hasse ich es, wenn die persönliche Freiheit des einzelnen angetastet wird. Abgesehen davon kommen die Leute immer an das Zeug, wenn sie es haben wollen.«

Als jedoch das Gesetz rechtskräftig wurde, hielt sie sich streng daran, und bis zu seiner Aufhebung sorgte sie dafür, daß sich in ihrem Hause kein Tropfen Alkohol befand. Es war natürlich etwas brüskierend für eine Gastgeberin, wenn sie einen Cocktail ablehnte. »Nein danke – ich rühre prinzipiell keinen Alkohol an«, pflegte sie ruhig zu sagen. Die Leute mußten sie respektieren, obwohl es auch allen anderen die Freude an den Cocktails verdarb, so sehr man sich auch bemühte, sich nichts anmerken zu lassen.

So arbeitete Grant Tag um Tag an dem Buch.

Ob es ihr je gelungen wäre, Mrs. Seabury ohne fremde Hilfe umzubringen, würde sie nie erfahren. Aber gerade als Mrs. Seabury – im Buch – den Gipfel ihrer Karriere erreichte, nämlich als sie während des Zweiten Weltkrieges nach Washington fuhr und sich mit ihrer gesamten Kraft und Zeit dem Nahrungsmittelkonservierungsprogramm widmete, klopfte eines Morgens Rhodes an die Tür.

Sie hatten gerade gelesen, was Mrs. Seabury in ihrem Tagebuch über den Krieg geschrieben hatte. »Da mein Sohn noch nicht groß genug ist, als daß ich ihn für die Große Sache hingeben könnte«, hatte sie geschrieben, »muß ich mich eben selbst hingeben.« Ihren Mann erwähnte sie an dieser Stelle nicht, obwohl sie ein paar Seiten zuvor nüchtern bemerkt hatte: »Harry mußte Bankrott anmelden. Ich habe mich einverstanden erklärt, ihm zehntausend Dollar des Geldes zu leihen, das mir mein Vater hinterließ, obgleich ich dieses Geld für die Ausbildung und das Fortkommen von Grant geplant hatte.«

Rhodes öffnete die Tür und hustete. Unsicher und erschreckt schaute er Grant an und flüsterte: »Er ist wieder da, Sir.«

Grant wußte sofort, wen er meinte.

»Es ist Peter«, sagte er grimmig zu Elinor. Dann änderte sich sein Gesichtsausdruck. In diesem Moment sah Elinor einen ganz neuen, anderen Grant, einen schüchternen, kleinen entsetzten Jungen.

»Ich frage ihn, was er will«, sagte sie rasch.

»Nein, nein«, wehrte Grant ab. Er richtete sich auf. »Nein, das kann ich dir nicht zumuten. Das ist jetzt meine Sache – ich werde das tun, was Mutter auch getan hätte.« Er fuhr sich mit der Zungenspitze über die Lippen. »Bitte ihn herein, Rhodes. Aber wenn er nach einem Whisky Soda verlangt, gib ihn ihm nicht.«

»Nein, Sir«, antwortete Rhodes. Er trug eine unangenehme Überlegenheit zur Schau.

Also kam Peter herein.

»Hallo, hallo, hallo, mein Junge!« rief er. Er war ein

großer, kräftiger Mann, das Gesicht wind- und sonnengebräunt, aber mit der gewissen Röte des gewohnheitsmäßigen Trinkers. Er trug einen schäbigen, dunkelblauen Anzug und keinen Mantel, aber um seinen Hals war ein neues rotes Seidentuch drapiert. Er streckte Grant beide Hände entgegen, plumpe, unsensible Hände mit rauher, trockener Haut.

»Hallo«, sagte Grant kühl. Instinktiv wandte Peter sich von dieser Kälte ab.

»Wen haben wir denn da?« fragte er freundschaftlich und starrte Elinor an. »Sie kommen mir bekannt vor – haben wir uns nicht schon einmal irgendwo getroffen?«

Er nestelte jetzt das Seidentuch von seinem Hals, legte es zusammen und stopfte es in eine Jackentasche. Seine Augen waren von einem leuchtenden Blau, und obwohl ihm der Schurke aus dem Gesicht sah, konnte Elinor nicht anders als ihn anzulächeln.

»Nein«, antwortete sie. »Aber ich weiß, wer Sie sind. Grant hat's mir erzählt.«

»Er kennt mich ja gar nicht«, rief Peter fröhlich aus. Damit ließ er sich vor dem Kamin nieder und zog seine engen Hosenbeine ein wenig höher. Über seinen alten Schuhen waren heruntergerutschte Socken sichtbar. »Grant hat doch schon seit Jahren nicht mehr mit mir gesprochen, nicht wahr, Grant? Nein, meine Geschäfte habe ich immer mit Ethel abgewikkelt. Hör mal, Grant, ich bin eigentlich nur gekommen, um dir zu sagen, wie schrecklich traurig es mich

gemacht hat, als ich die Nachricht bekam. Hab's in der Chicagoer *Tribune* gelesen. Ich wäre auch zu der Beerdigung gekommen, wenn ich das Geld für die Fahrkarte gehabt hätte, aber ich war damals gerade etwas knapp bei Kasse. Geld ist mein ganzes Unglück, Miss – äh, Miss . . .«

»Brame«, half ihm Elinor. Grant wollte sie offensichtlich nicht vorstellen. Er saß am Tisch und schaute die zuletzt geschriebenen Seiten an. Sein Gesicht war entschlossen. Peter lachte und beugte sich zu ihr, seine feisten Hände lagen auf seinen Knien.

»Hören Sie«, flüsterte er heiser, »mir ist was ganz Komisches passiert. Als ich die Anzeige in der Zeitung las, war mein erster Gedanke, Ethel zu telegraphieren, wegen des Geldes – wissen Sie – für die Fahrkarte zu ihrer Beerdigung! Es ging mir einfach nicht in den Kopf.«

Ein Papiermesser fiel zu Boden.

»Und was willst du jetzt?« erkundigte sich Grant. Er sah Peter an wie den letzten Dreck, mit dem er sich nicht beschmutzen wollte.

»Nichts«, sagte Peter heiter, »überhaupt gar nichts. Bin nur mal vorbeigekommen. Familiengefühle, das ist alles. Nun, also eine kleine Angelegenheit gibt es da, die ich vielleicht erwähnen sollte – todsichere Sache diesmal, Grant – nichts von all dem, was ich früher getan habe. Aber davon werde ich dir später erzählen.« Er sah sich im Zimmer um. »Es ist eigenartig, Ethel nirgends zu sehen – kommt mir so vor, als müsse sie gleich kommen. Ich mochte Ethel. Ich habe

niemals vergessen, daß sie meine Schwester war.«
»Du kannst mir ebensogut jetzt gleich sagen, warum du gekommen bist«, sagte Grant schneidend.
Peter hustete. »Nun ja, vielleicht hast du recht«, sagte er dann. Er zog ein graues Taschentuch aus seiner Tasche und wischte sich über die Lippen. »Also gut, Grant, ich werd's dir sagen – mir ist die tollste Komödie in die Finger gekommen, die der Broadway je gesehen hat. Das haut dich um, dieses Stück, einfach Spitze, zum Brüllen. Es swingt und hat Witz und alles, was dazugehört.«
Grant unterbrach ihn. »Du weißt genau, daß es keinen Sinn hat, mit derlei Dingen zu mir zu kommen, ebenso wenig, wie du damit bei meiner Mutter landen konntest.«
»Nun, du bist noch ein junger Bursche«, wandte Peter ein. Seine Augenlider flatterten. »Ich habe mir gesagt, also Ethel, von der wird man wohl kaum erwarten können – sie hat sich nie viel aus Unterhaltung gemacht, nicht mal als junges Mädchen. Aber –«
»Ich bin ebensowenig interessiert an derlei Amüsements«, sagte Grant. Er zog ein paar Geldscheine aus seiner Tasche und steckte sie in einen Umschlag, während er sprach. Dann schob er den Umschlag Peter zu. »Ich bin keine Spielernatur, und ich habe kein Interesse an Komödien.«
»Ich will doch kein Geld von dir, Grant«, protestierte Peter schnell. »Ich habe dir gesagt, daß ich aus einem gewissen Familiengefühl hierher gekommen bin, und so ist es auch. Nun, da Ethel nicht mehr

unter uns weilt, wollte ich dich überzeugen, daß ich nicht nachtragend bin.« Er stand auf, zog das rote Seidentuch aus seiner Tasche und knotete es sich wieder um den Hals. »Sie pflegte mir mit schöner Regelmäßigkeit klarzumachen, was sie von mir hielt«, fuhr er fort und lachte gezwungen. »Nun, ich habe ihr nie widersprochen. Sie hatte recht. Außerdem hat sie mich hie und da ein wenig unterstützt. Sie bellte mehr als sie biß – so war sie nun mal.« Er hielt inne und starrte Elinor an. »Hört mal«, sagte er plötzlich, »Sie sehen Ethel ungeheuer ähnlich, junges Fräulein – natürlich, als sie in Ihrem Alter war. Sie war auch groß und blond und hatte graue Augen. Andererseits sehen Sie so aus, als könnten Sie lachen. Das konnte sie nicht. Also dann, bis später, Grant. Dein Vater und ich gehen zusammen essen. Ich hole ihn in der Bank ab. ›Ich werde nicht hineingehen‹, habe ich ihm gesagt. ›Ich warte einfach draußen auf dich.‹ Mein Gott, mich würde die Panik packen, wenn ich in eine Bank gehen müßte – Banken sind für mich überflüssig, und ich für sie.« Er lachte sein kurzatmiges Lachen, nickte Grant zu und streckte ihr seine Hand hin. Sie nahm sie, denn irgendwie mochte sie ihn. »Ja«, sagte er, »Sie sind wie Ethel!« Er schüttelte ihre Hand kräftig und schon war er fort.

»Das Geld hat er mitgenommen, wie du siehst«, sagte Grant trocken.

Der Umschlag lag nicht mehr auf dem Tisch.

»Ich weiß nicht, warum er immer so weitermacht«, sagte Grant mehr zu sich selbst.

»Er hat sich noch niemals für jemanden nützlich gemacht. Einmal hat Mutter mir erzählt, daß sie sich sogar schon als kleines Mädchen für ihn verantwortlich fühlte. Es machte sie schon damals erwachsen. Sie konnte niemals wirklich leichten Herzens sein, weil er immer etwas anstellte – er wollte nicht studieren, rückte dauernd aus nach New York und fing an, sich für die Bühne zu interessieren – für alberne Shows.«

»Hat er denn niemals einen Erfolg gehabt?« fragte Elinor.

»Du hast ihn doch gesehen«, sagte Grant kurz. »Er gab sein Geld fast schneller aus als er es bekam. Wenn eine Show relativ gut anlief – und das behauptete er hin und wieder – verschwendete er alles auf Parties und mit Unsinn.«

Sie sah sein schönes, aber verärgertes Gesicht an und sagte nichts.

»Und es gelang ihm sogar, meinen Vater zu beeinflussen, so daß er glaubte, das könnte auch etwas für ihn sein«, fuhr er fort. »Ich weiß nicht, wo wir heute stünden, wenn Mutter sich nicht strikt geweigert hätte, ihnen beiden etwas Geld zu geben. Das war damals, als Dad bankrott machte und nicht bei der Bank arbeiten wollte.« Er seufzte und setzte dann hinzu: »Nun gut, vergessen wir Peter. Ich habe ihm genug gegeben, damit er eine Weile nicht mehr erscheint.«

Plötzlich glich er seiner Mutter so sehr, daß sie erschrak.

»Ich fand Peter eigentlich ganz komisch«, sagte sie seltsamerweise. »Ich glaube, ich mag ihn sogar.«
Grant sammelte einige verstreute Seiten zusammen. »Du würdest anders darüber denken, wenn er dein Onkel wäre«, sagte er. Seine Stimme klang so überlegen, so weit entfernt von ihr, daß ein gewisser Trotz in ihr aufflackerte.
»Ich bin halt kein solcher Snob«, sagte sie leichthin. »Mir würde es nichts ausmachen.«
»Elinor!« sagte er schneidend. »Wie meinst du das?« Er sah sie an, mit hochgezogenen Augenbrauen und schmalen Lippen. Sie zuckte die Achseln. »Ich mag Peter, das ist alles. Ich darf ihn doch mögen?«
»Selbstverständlich«, sagte Grant. Er wandte sich von ihr ab und fing an, die Seiten zu zählen. »Schließlich hat er dir ein großes Kompliment gemacht. Er sagte, du sähest Mutter ähnlich.«
Er sah zu ihr auf. Dann starrte er sie an und seine Stimme wurde fremd und klang gepreßt. »Der Gedanke ist mir noch nie gekommen«, sagte er, »aber es stimmt. Du gleichst ihr wirklich – ein bißchen.« Er ließ die Papiere aus der Hand gleiten und trat auf sie zu. »Mein Gott, Elinor«, sagte er erregt, »hat dir das je zuvor jemand gesagt? Ich habe das Gefühl, als sähe ich dich zum ersten Mal.«
Sie konnte es nicht ertragen. Sie konnte nicht ertragen, daß er sie jetzt so sah, weil er sich einbildete, sie sähe seiner Mutter ähnlich. Sie hob den Kopf.
»Ich möchte niemandem ähneln«, sagte sie. »Ich bin nur ich selbst.«

»Meine Mutter war schön genug, so daß jede Frau stolz darauf sein könnte, ihr zu ähneln«, sagte Grant erstaunt, »und ich finde, du solltest stolz darauf sein.«

»Bin ich nicht«, sagte sie. Der aufflackernde Trotz wandelte sich zu ohnmächtigem Zorn. Er bemächtigte sich ihres Herzens und fraß jede Spur von Vorsicht, von Geduld, von Zurückhaltung, die sie hatte lernen müssen, weil sie Grant liebte. Alles verzehrte sich im Feuer dieses Zorns. Und sollte hinterher nur Asche zurückbleiben und sonst nichts. Sie stand plötzlich auf und nahm ihren Hut und die Handschuhe von dem Sessel und wandte sich ab.

»Was ist denn los?« fragte er.

Sie sagte nichts, aber sie wollte etwas sagen. In ihr formte sich ein Plan, wie sie alles auf einmal loswerden konnte. Sie setzte ihren Hut auf und streifte sorgfältig die Handschuhe über die einzelnen Finger. Dann sagte sie bestimmt: »Ich habe genug von deiner Mutter. Du kannst das Buch alleine zu Ende bringen. Ich habe ohnehin alles getan, was in meiner Macht steht. Und ich sage dir, ich habe genug – genug bis oben hin von deiner Mutter. Ich hatte schon vor Jahren genug von ihr.« Und dann wollte sie noch sagen: »Alle hatten sie genug«, aber das konnte sie Grant einfach nicht sagen.

Sie ging zur Tür, ohne sich noch einmal nach ihm umzusehen.

»Aber nein, Elinor!« Er kam ihr nach. »Du kannst nicht immer einfach so fortgehen – außerdem, wie kannst du sagen, daß du von Mutter genug hast? Sie war doch auch zu dir wunderbar!«

»Sie ist tot«, sagte Elinor. Sie blieb einen Moment lang an der Tür stehen und sah ihn an. Jetzt hatte sie Mrs. Seabury einen Stich versetzt, und sie würde es wieder tun. »Sie ist tot und begraben. Abgesehen davon, auch ich war wunderbar zu ihr.«

Sie stieß die Tür auf und ohne sich noch einmal nach ihm umzusehen, ging sie aus dem Haus. Draußen war ein herrlicher Sommertag, und die Sonne stand hoch am Himmel. Endlich hatte sie Mrs. Seabury umgebracht.

Ihr Wagen fuhr rasch über eine staubige Landstraße.

»Wo willst du denn hin?« hatte er hinter ihr hergerufen, als sie die Stufen vor dem Haus hinuntereilte.

»Wo du mich nicht finden kannst!« hatte sie zurückgerufen. Sie schluchzte beinahe, als sie die Straße hinunterraste. Ein Polizist sah sie und schrie ihr etwas zu, aber sie hielt nicht an. Sie mußte irgendwie entkommen, irgendwohin, wo Grant sie nicht finden konnte.

»Was bin ich für ein Idiot!« rief sie aus. Der Wind fuhr ihr ins Gesicht und ließ ihre Worte in der Kehle steckenbleiben. »Da warte und warte ich auf ihn – vertue mein Leben – verschwende Jahre mit Grant und er merkt nicht einmal, daß ich existiere. Ich weiß nicht, warum ich ihn liebe – er ist seiner Mutter so verdammt ähnlich!«

Es war Sommer, Hochsommer – anderthalb Jahre

seit Mrs. Seaburys Beerdigung, aber für Grant war es erst gestern.

Ich gebe es auf, dachte sie verbittert. Der Tachometer schoß noch fünf Striche höher und sie bemerkte es nicht. Sie hatte nicht die leiseste Ahnung, wohin sie eigentlich fuhr, um Grant zu entrinnen, aber sie fuhr weiter in den Nachmittag hinein, froh in ihrem Zorn über jede Meile, die sie zwischen ihn und sich brachte. Meile um Meile, je mehr um so besser. Sie fuhr stundenlang, gleichgültig wohin und fast erstickt von ihrem Zorn. Die heiße Nachmittagssonne vergoldete alles mit zunehmendem Abend, und die Bäume warfen lange Schatten über die Straße, aber sie fuhr weiter ohne jedes Zeitgefühl, bis sie zufällig auf die Benzinuhr sah. Der Tank war fast leer. Sie mußte so rasch wie möglich anhalten. Und dann, als sie etwas langsamer fuhr, fühlte sie sich leer und müde und schwach vor Erschöpfung, die der unerträglichen inneren Anspannung folgt.

Sie entdeckte eine kleine Tankstelle und hielt an. Die Straße war jetzt schmal geworden und wand sich in vielen Kurven in die Berge um sie herum. Eine schlampige Frau kam heraus, als sie hupte. »Zwölf«, sagte Elinor kurz.

»Sie müssen von weither kommen«, sagte die Frau. »Mein Gott!« fuhr sie seufzend fort, »wie oft wünsche ich mir, von hier wegzukommen. Ich tue nichts anderes als hier zu sitzen und Benzin einzufüllen, damit die anderen fahren können.«

»Warum bleiben Sie, wenn Sie nicht hierbleiben wol-

len?« fragte Elinor eher gleichgültig. Es interessierte sie nicht, aber man mußte etwas antworten.
»Mein Mann hatte einen Unfall«, sagte die Frau. »Jetzt ist er'n Krüppel.« Sie schwieg und schob den Einfüllstutzen zurecht. »Er sagt zu mir: ›Los, Kindchen, mach doch mal Ferien.‹ Und dann sag' ich zu ihm: ›Das wären keine Ferien. Ich müßte die ganze Zeit an dich denken und da könnte ich dich ebensogut gleich mitschleppen.‹ Nein, ich glaub', ich bin hier angebunden.«
Elinor zählte das Geld ab. »Danke«, sagte sie.
»*Ihnen* vielen Dank«, sagte die Frau.
Im Licht der untergehenden Sonne fuhr sie weiter, aber langsamer. Weiter und weiter entfernte sie sich von Grant, doch nur räumlich. Nicht einen Augenblick hatten sich ihre Gedanken von ihm entfernt. Im Gegenteil, je weiter sie fuhr, um so genauer wußte sie, daß sie ihn mitnahm. Der Abend war windstill und heiß, und der Fahrtwind brannte in ihrem Gesicht. Kein Mensch war zu sehen. Um sie herum waren Hügel und Berge und vor ihr die leere Straße, weiter, immer weiter. Es war friedlich auf eine seltsame Art, aber gleichzeitig lag eine traurige Einsamkeit über allem. Vielleicht würden sie beide immer zusammen sein. Was die schlampige Frau so unverhofft gesagt hatte, klang ihr plötzlich wieder in den Ohren. Man band sich. Sie würde Grant niemals wirklich verlassen können.
Ich habe mich auch gebunden, dachte sie. Sie fuhr langsam rechts an den Straßenrand und blieb lange

nachdenklich sitzen. Sie versuchte aufzuräumen in ihrem Leben, und dabei zeigte sich nur eine einzige Möglichkeit. Sie mußte zu Grant zurückkehren – selbst wenn er sie niemals lieben könnte, so mußte sie ihn doch weiterlieben, in seiner Nähe sein und demütig das mit ihm teilen, was er zu teilen gewillt war. Schließlich wendete sie den Wagen langsam und fuhr die gleiche Straße zurück, die sie gekommen war.

Es war schon lange nach Mitternacht, als sie zu Hause ankam. Das Haus war von oben bis unten hell erleuchtet. Sie fuhr vor und stolperte steifbeinig aus dem Wagen und die Stufen hinauf. Vor dem Haus standen noch andere Autos, aber sie war zu müde, um darauf zu achten. Sie wollte nur nach oben gehen, allein sein, schlafen, da sie sich mit ihren Fesseln abgefunden hatte. Sie liebte Grant und sie würde ihn immer lieben.

Ich glaube, so werde ich mein ganzes Leben verbringen, dachte sie dumpf.

Sie öffnete die Haustür. Aus dem Wohnzimmer drangen Stimmen, und sie blieb einen Moment lauschend stehen. Sie war zu müde für eine Gesellschaft. Sie wollte nach oben gehen und das Mädchen zu ihrem Vater hinunterschicken. Aber ihr Vater sagte gerade aufgeregt: »Also gut, eine Stunde will ich noch warten, aber mehr nicht. Dann alarmieren wir die Polizei.«

»Nun warte doch –«, hörte sie Peters verwaschene

Stimme. »Sie gehört nicht zu denen, denen etwas passieren würde. Sie kann auf sich selbst aufpassen. Nein, sie hat einfach nur einen Entschluß gefaßt.«
»Dem muß ich zustimmen«, kam Mr. Seaburys Stimme. »Elinor hat Verstand genug.«
Nun mischte sich eine kleine, helle Stimme ein. »Ich *kenne* sie natürlich nicht so gut, aber wenn sie so ist wie ihre Mutter, dann ist sie einfach nur – fortgefahren. Lieber Mr. Brame, Ihre Frau war es, die mir den Mut gab, vor Tony Cassels davonzulaufen. Dafür werde ich ihr nie, *niemals* genug danken können. Ich war am Ende so durcheinander, daß ich sie aufgesucht habe, weil sie immer so glücklich schien. Und da sagte sie: ›Warum bleiben Sie denn, wenn Sie es nicht länger ertragen können?‹ So einfach – und wie wahr! In all diesen Jahren seither war ich ihr so dankbar. Und deshalb sagte ich, als wir davon hörten – da sagte ich zu Peter – wir sind furchtbar alte Freunde, Peter und ich, und wir saßen gerade zusammen beim Abendbrot, nicht wahr Peter? – da sagte ich: ›Wenn das die Tochter von der lieben kleinen Mrs. Brame ist‹ – und dann kamen wir her – Mr. Seabury aß auch mit uns – er ist ein sehr alter lieber Freund. Und als Grant dann anrief – ich darf es doch sagen, Grant, nicht wahr?«
»Ich kann gar nichts mehr denken – ich weiß nicht –«, fiel ihr Vater wieder ein. »Was meinst du denn, Grant?«
Grant! Aber Grants Stimme hatte sie noch nicht gehört. Sie ging ein paar Schritte zur Tür und spähte

hinein. Grant war da. Er saß an dem großen Tisch, den Kopf in seine Hand gestützt.
»Ja, wer kommt denn da!« schrie Peter laut.
»Ich bin's«, sagte sie schwach und kam sich unendlich unbeholfen vor, als sie versuchte zu lächeln.
Sie sahen auf. Nein, sie sah nur, daß Grant aufsah. Er sprang auf die Füße.
»Elinor!« sagte er. Das war alles. Aber sie sah seine Augen, die in ihre Augen blickten. Zum ersten Mal in ihrem Leben sah er sie an. Sie schwankte.
»Elinor, du bist krank!« Ihr Vater eilte zu ihr. Sie spürte seinen Arm um ihre Schultern.
»Oh, das arme Kind wird ohnmächtig«, hörte sie wie von ferne Mrs. Cassels helle Stimme.
Aber dann hörte sie die anderen nicht mehr. Nein, sie wollte nur für immer in dem Licht von Grants Blick sein. Er war aufgesprungen. Er war neben ihr und erteilte Befehle. »Elinor, komm mit nach oben – sofort ins Bett. Mr. Brame, man soll ihr etwas Heißes bereiten.«
Alle eilten jetzt zu ihr. Sie spürte Grants Arme um sich, und sie klammerte sich an ihn und verbarg ihre Augen.
»Wie konntest du, Elinor!« flüsterte er. »Wie konntest du so etwas tun, mein Liebling!«
»Ich weiß es nicht«, murmelte sie. »Ich weiß nicht. Ich glaube, ich war von Sinnen.« Sie lächelte mit halb geschlossenen Lidern. »Reif für die Zwangsjacke, wahrscheinlich«, murmelte sie. Diesen Satz hatte ihre Mutter oft gesagt.

Sie war so müde. Jetzt, da Grant sie stützte, fühlte sie sich zum Umfallen müde. Wie im Nebel hörte sie seine Stimme, die Anweisungen gab, die anderen zurückhielt. Er führte sie die Treppe hinauf. Dann waren sie in ihrem Zimmer.
Grant sagte gerade: »Mrs. Cassels, würden Sie bitte dem Mädchen sagen, daß sie ein heißes Bad einläßt – und vielleicht können Sie noch einen Moment bleiben und ihr helfen, ins Bett zu kommen. Nein, Mr. Brame, ich glaube nicht, daß sie einen Arzt braucht. Ich glaube, ich weiß – nein, keinen Grog, Peter, bitte – besser wäre eine heiße Milch. Ich warte unten, bis sie im Bett ist.«
Wie durch Nebel murmelte sie: »Grant, bitte geh' nicht fort.«
»Nie mehr«, sagte er fest. »Außerdem«, setzte er dann hinzu, »warst nicht du es, die vor mir davongelaufen ist? Mach' das nie wieder.« Er legte sie auf die Chaiselongue und dann zog er ihre Schuhe aus.
»Es wird dir nicht gelingen, mit mir zu streiten«, murmelte sie glücklich. »Ich werde jetzt mit allem einverstanden sein – immer.«
»Das sollte ich gleich festhalten«, sagte er und lachte ein wenig. »Eines Tages komme ich vielleicht darauf zurück – irgendwann einmal, wenn wir schon lange, lange Zeit verheiratet sind und du deinen Dickkopf bei mir durchsetzen willst.«
Plötzlich erwachte sie aus ihrer Benommenheit. Er bat sie, ihn zu heiraten! Am liebsten hätte sie geheult, aber sie lächelte.

»Hat wohl kaum einen Sinn, so zu tun, als wollte ich dich nicht heiraten«, sagte sie leichthin.
»Wohl kaum«, stimmte er zu. Er küßte sie rasch, während Mrs. Cassels mit Badetüchern im Bad verschwand.
»Schön«, murmelte Elinor. Die Tränen standen ihr in den Augen, und sie versteckte sie hinter geschlossenen Lidern.
»Was?« fragte er.
»Sinn für Humor«, flüsterte sie. »Ich glaube, du hast ihn schließlich doch. Sonst würde ich dich nicht heiraten.«
Aber ihr Herz protestierte heftig und rief ihr im Innern zu: »Lügnerin! Du würdest ihn auf jeden Fall heiraten!«

»Eigentlich ist es seltsam«, sagte Elinor. Es war erst August und sie saßen auf der Terrasse über dem Garten.
»Alles ist seltsam«, stimmte er ihr zu.
»Nein, ich meine, wenn man feststellt, daß der Mensch, den man heiratet, Realität ist, weißt du – in Wirklichkeit viel realer als derjenige, in den man sich verliebt hatte und den man eigentlich schon immer liebte.«
»Ja, seltsam, nicht wahr?« pflichtete er ihr wiederum bei.
Sein Blick ruhte lächelnd auf ihr. Sie hatte keine Ahnung gehabt, daß Grants Augen so lächeln konnten.

»Deine Augen haben nie so gelächelt, bevor deine Mutter starb«, sagte sie plötzlich.
Das war auch so etwas Seltsames. Sie war endlich in der Lage, Grant all ihre Gefühle, die sich auf Mrs. Seabury bezogen, offen darzulegen. Anfangs hatte sie gedacht: Es wird ihn verletzen, wenn ich es ihm sage – aber gleichzeitig wußte sie, daß sie ihm alles sagen mußte, denn sie hätte nicht länger mit dieser kritiklosen Anbetung leben können, die sie nicht empfand. Das Buch war vollständig fertig. Daran ließ sich nichts mehr ändern, egal, was sie vorbrachte. Sie wollte auch nichts mehr ändern. Ein hehres Denkmal wurde geschaffen, sollte es so stehenbleiben. Nein, das war es nicht, aber Grant mußte wissen, wie es in ihr aussah und was sie empfand. Daher hatte sie ihm gleich ganz zu Anfang alles erzählt – auch von jenem Tag im Country Club, wo sie zu ihrem ersten Tanzfest angezogen war und Mrs. Seabury sie sah und gesagt hatte: »Ich verstehe gar nicht die derzeitige Sitte, sich das Gesicht anzumalen –.« Das war alles gewesen. Kein Wort hatte sie verloren über ihr neues Tanzkleid aus rosa Chiffon.
»Sie hatte ein unheimliches Talent, das kleine, erbärmliche Ich des anderen zu verletzen«, sagte Elinor. »Ich wußte natürlich, daß sie selber niemals Rouge verwendete. Nein, aber sie hätte doch wissen müssen, daß auch ich es höchst selten tat – und es mir schon wegen meines ersten großen Abends in der Gesellschaft vergeben können. Sie war so unflexibel, Grant.«

Es war fabelhaft, wie er es aufnahm. »Ja, das war sie wohl«, sagte er nachdenklich. »Es ist mir früher nie aufgefallen.«
»Warum fällt es dir jetzt auf?« fragte sie.
»Weil – ich glaube, deinetwegen«, sagte er. »Ich sehe dich.«
»Aber an dem Buch möchtest du nichts ändern?« fragte sie.
Er schüttelte den Kopf. »Nein«, sagte er, »nein, für mich war sie genauso wie in dem Buch.«
»Jetzt nicht mehr?« insistierte sie.
»Doch«, sagte er, »in der Erinnerung. Aber dieser schreckliche Nachmittag und Abend damals – weißt du noch, was du als letztes zu mir gesagt hast?«
Sie nickte. »Ich hatte das Gefühl, sie für dich umgebracht zu haben.«
»Hast du auch, auf gewisse Weise«, antwortete er. »Jedenfalls habe ich endlich erkannt, daß sie tot war und daß – daß du lebtest.«
Sie war so glücklich darüber, daß es sie noch immer ganz benommen machte. Die Nacht war mondlos, weich und schwarz. Sie war froh über die Dunkelheit, so daß sie nur Grants Arm um ihre Schulter fühlen konnte, seine Hand auf ihrer fühlte und seine Stimme hörte. Sie fühlte sich ihm näher, weil sie ihn nur spürte, aber nicht sah. Sie brauchte seine Gefühle so sehr, die unter Grants Formvollendetheit und Würde, die ihm seine Mutter anerzogen hatte, schwer zu entdecken waren. Sie hatte gespürt, daß sich darunter Leidenschaft und Ungeduld verbargen –

etwas, das nicht von Mrs. Seabury sein konnte. Sie hatte ihn gelehrt, sich gerade und aufrecht zu halten, ruhig zu sprechen und kühl zu denken. Aber obwohl Mrs. Seabury ihn äußerlich vollkommen modelliert hatte, gab es in Grants Wesen noch etwas anderes, und es war dieses Etwas, das sie immer vage empfunden und von Anfang an geliebt hatte, und dieses Etwas hatte er seiner Mutter nie gezeigt.

Ach, wie ungeduldig er war: er wollte die Heirat keineswegs abwarten. Aber sie hatte ihn gezwungen, noch etwas zu warten.

»Zuerst mußt du das Buch fertigschreiben«, darauf hatte sie bestanden.

»Aber warum?« wollte er wissen.

»Nun«, hatte sie eigensinnig geantwortet, »weil du an nichts anderes als an mich denken sollst, wenn wir verheiratet sind.« Sie konnte jetzt sehr mutig sein, nachdem Mrs. Seabury wirklich tot war. »Ich erlaube nicht, daß du dann noch an irgendeine andere Frau denkst«, hatte sie bestimmt gesagt.

Es war so herrlich, ihm gegenüber eigensinnig zu sein, auf etwas zu bestehen, ihn spielerisch zu tratzen, ihn, den immer beherrschten Grant, daß sie nicht widerstehen konnte. Und erst recht, als sie spürte, wie er sich ihr von Tag zu Tag mehr unterwarf. Sie war so lange demütig gewesen, daß sie es genoß, sich nun selbst durchzusetzen.

Da hatte es zum Beispiel den Tag gegeben, an dem sie die große Auseinandersetzung darüber hatten, wo sie in Zukunft leben würden.

»Am liebsten würde ich mit dir in meinem Haus wohnen«, hatte Grant gesagt. »Und vielleicht finde ich auch eine andere Anstellung.«
Sie schüttelte den Kopf. »Nein, das kann ich nicht«, hatte sie sofort gesagt. »Nein.«
»Aber –«, wollte er anfangen.
»Es hat gar keinen Zweck«, sagte sie heiter, aber gleichzeitig sehr bestimmt. »Ich könnte niemals im Hause deiner Mutter leben. Ich würde mich verfolgt fühlen.«
»So ein Unsinn!« rief er.
»Doch, das würde ich«, wiederholte sie. »Ja, ja, ja –«
Er hatte sie gepackt und wild geküßt. Sie wehrte sich und schob ihn von sich.
»Außerdem«, wandte sie ein, »Peter ist da – und es sieht gar nicht so aus, als würde er je wieder abreisen.«
Peter hatte sich in dem Raum neben Mr. Seaburys Zimmer einquartiert, für eine Nacht, und dann war er geblieben. »Nur vorübergehend, bis mein Geschäft anläuft«, hatte er fröhlich gesagt. »Meine Güte, diese Show, die ich auf die Beine stellen will – eine wunderbare Show ist das – ein junger Mann hat's geschrieben – ich kenne ihn – und es geht um einen Alten, der über sein Leben nachdenkt, darüber, wie er es *hätte* leben können – Mann, ich mußte schon beim Lesen weinen!«
Grant sah besorgt aus und ließ die Arme sinken. »Ich verstehe das nicht«, sagte er irritiert. »Das ist doch verrückt – er und Vater zusammen – und dann im

Show-Geschäft!« Er zündete sich eine Zigarette an. »Du mußt zugeben, daß es klug von Mutter war, Vaters Anteil an ihrem Geld festangelegt zu belassen. Du siehst ja, was sonst passiert wäre – er hätte es alles mit diesem idiotischen Theaterkram verpulvert.«
Denn Mr. Seabury hatte versprochen, Geld in das Stück zu investieren – nein, nicht er allein, sondern Peter und Mrs. Cassels und Mr. Seabury. Es war schon absurd, und sie hatte gelacht und gelacht.
»Sie haben doch soviel Spaß daran«, sagte sie.
»Woher sollen sie nur das Geld bekommen –«, hatte Grant mit gerunzelter Stirn gesagt. »Ob vielleicht Mrs. Cassels ...«
Sie erzählte ihm nicht, was die drei ihr anvertraut hatten. Denn ihr hatten sie alles erzählt. Sie waren unverantwortliche junge Leute im Alter zwischen fünfundvierzig und achtundvierzig.
»Ich werde mich von nun an für alle Zeiten für vierzig ausgeben«, hatte Mrs. Cassels gekichert.
»Warum auch nicht? Es stimmt doch!« hatte Peter galant gesagt und ihr formvollendet die Hand geküßt.
Mal hier, mal da hatten sie etwas Geld zusammengekratzt. Mrs. Cassels besaß ein wenig und hatte es ohne Hemmungen mit eingesetzt und dazu noch ihre Rente beliehen. Peter besaß natürlich nichts. Aber er hatte Freunde.
»Ich kann sie nicht für mich um etwas bitten«, hatte er mit Grandezza behauptet. »Aber hier ist es etwas anderes – es ist ein todsicheres Geschäft.«

Sie fuhren andauernd nach New York und zurück und waren aufgeregt und voller Leben. Bisher hatten sie noch keinen Produzenten gefunden.
»Dann werde ich es eben selbst produzieren!« hatte Peter geprahlt.
»Ich verstehe die Leute aus Vaters Generation einfach nicht«, sagte Grant. Sein schönes Gesicht verzerrte sich vor Abscheu. »Sie weigern sich einfach, mit Anstand erwachsen zu werden. Bin froh, daß Mutter das nicht mehr miterleben muß.«
In dem schlichten Wohnzimmer von Mrs. Seabury waren verschiedene unsinnige Gegenstände aufgetaucht, zum Beispiel ein albernes Kissen für Mrs. Cassels Rücken.
»In diesem Haus gibt es nicht einen bequemen Sessel«, hatte sie sich auf ihre niedliche Art beklagt. »Nirgendwo komme ich mit den Füßen auf den Boden.«
Also tauchten alsbald ein paar lächerliche Fußbänkchen auf. Und ihre kleinen Spitzentaschentücher lagen überall herum, wie ungebetene kleine Motten. Mrs. Cassels wohnte im Hotel. Sie war nur für ein paar Tage aus New York gekommen, Peters wegen, und um die alte Stadt mal wiederzusehen.
»In New York habe ich ein süßes Appartement«, sagte sie, aber sie fuhr nicht dorthin zurück. Sie blieb einfach da. »Es macht soviel Spaß«, sagte sie Tag für Tag.
»Mein Gott, da wir gerade von Frauen sprechen, wie kann es nur solche Frauen geben wie diese Mrs. Cassels!« sagte Grant jetzt plötzlich in die Dunkelheit

hinein. »Du kannst sagen was du willst über Mutter – aber wenn ich eine Frau sehe wie diese Cassels –«

»Ja, natürlich«, sagte Elinor rasch. Er lehnte sich an sie, und sie spürte eine glatte feste Wange auf ihren Lippen.

»Wenn ich dich nicht gefunden hätte«, flüsterte er, »dann wäre ich nach ihrem Tod verloren gewesen.«

»Aber ich war schon vorher da, die ganze Zeit«, murmelte sie an seiner Wange.

»Nein!« sagte er und tat so, als sei er überrascht. Er drückte sie an sich.

»Doch, war ich wirklich!« wiederholte sie.

»Ich hab' dich nicht gesehen«, rief er aus.

»Das weiß ich«, murmelte sie. »Du hast mich ja nie angesehen.« Sie drückte ihr Gesicht an seinen Hals.

»Warum hast du denn nichts gesagt?« wollte er wissen.

»Du hast mich nicht danach gefragt«, antwortete sie und lachte. »Wie albern!« setzte sie dann hinzu.

Und dann, in der Dunkelheit, erzählte sie ihm alles – wie sie ihn geliebt hatte und liebte. Und er wurde ganz still und beschämt.

»Oh, Elinor – Süßes –.« Er nahm sie fest in die Arme. »Wir wollen uns ein eigenes Haus kaufen – wo es niemanden gibt außer dir und mir – wo es nie jemanden anders geben wird.«

»Ja«, rief sie, »Ja, ja –.«

Und dann kauften sie ein kleines, aber äußerst komfortables Haus am Rande der Stadt, in der er als Dozent an der Universität unterrichtete. Es war ein großes Stück von der Straße entfernt gebaut worden, und kein anderes Haus stand zu nahe. Es war noch ganz neu. Vor ihnen hatte es noch niemand bewohnt. Und es gab durchaus keine Gespenster. Mrs. Seabury hatte es niemals gesehen.

Sie heirateten an einem Tag gegen Ende August, in aller Stille, im Wohnzimmer ihres Elternhauses. Sie dachte nur einmal an Mrs. Seabury, als sie neben Grant stand und ihr Ja-Wort gab, aber dann nicht mehr. Ob Grant an seine Mutter dachte – nein, Grant dachte nicht an Mrs. Seabury. Nirgendwo war die Kälte ihres Schattens zu spüren. Wenn Mrs. Seabury in seinen Gedanken dagewesen wäre, hätte sie sofort diese Kälte gespürt. Sie war nicht da.

Ihr Vater wurde einen Augenblick lang etwas wehmütig, als sie in ihrem grünen Kostüm die Treppe herunterkam, um sich von ihm zu verabschieden, aber es war eine warme Art von Wehmut.

»Sonst siehst du deiner Mutter eigentlich nicht ähnlich«, sagte er, »aber gerade in diesem Moment hast du etwas an dir, was mich an sie erinnert.«

Sie küßte ihn. »Ich werde öfter zu dir hereinschauen«, sagte sie ruhig.

Dann kam der Augenblick mit Peter und Mrs. Cassels.

»Bräute sind so etwas Süßes!« rief Mrs. Cassels aus. »Ach, Kind, sei immer glücklich, das wünsche ich dir!«

»Ich werde euch mal besuchen – wenn die Show läuft«, versprach Peter.

Später sagte sie zu Grant: »Dein Vater war so still.« Mr. Seabury hatte mit leicht schräggelegtem Kopf dagestanden und sie beobachtet.
»Ich weiß nicht, was in letzter Zeit mit ihm los ist«, sagte Grant. »Er ist schon länger so eigenartig – spielt nicht mal mehr auf seiner Flöte.«
Dann vergaßen sie ihn. Auch er wurde zu einem Geist und verblaßte. Niemand spielte jetzt für sie mehr eine Rolle. Das neue Haus war warm und wartete und war vollkommen leer, und sie zogen ein und begannen zu leben.

In seiner Arbeit wurde Grant ein ganz anderer Mensch. Manchmal wurde ihr fast ein wenig bang vor ihm als Privatdozent, noch dazu ein recht bekannter. Sie mußte sich daran gewöhnen, daß es heftig an ihrer Tür schellte, und wenn sie öffnete, dort ein oder zwei junge Männer auf der Schwelle standen, die schamhaft erröteten und wissen wollten, ob Professor Seabury da sei. Das war natürlich Grant.
»Kommen Sie herein«, sagte sie dann lächelnd. »Er ist in seinem Arbeitszimmer. Ich werde ihn rufen.«
»O nein, wir wollten ihn nicht stören«, sagten sie dann jeweils, während sie ins Haus stolperten. »Wenn er keine Zeit hat –« und noch während sie das sagten, machten sie sich schon in ihrem schönen, großen Wohnzimmer breit, ließen sich in dic satinbezogenen Sessel fallen und verbreiteten den Staub ihrer Schuhe auf ihren neuen Teppichen.
Aber es machte ihr nichts aus. Es war ein solcher

Genuß, Grant dann hereinkommen zu sehen. Sie spielte mit sich selbst ein Spiel, indem sie so tat, als hätte sie ihn nie zuvor gesehen. Und dann sah sie ihn immer neu, wie er frisch und aufgeräumt, voller Eifer und Interesse hereinkam.

»Oh, Professor Seabury«, fingen die Studenten dann an. »Wir wollten Sie nur fragen –«

»Ja?« ermutigte er sie dann mit seiner freundlichen, starken Stimme. Er wurde es nie leid, sich um sie zu kümmern und ihre Fragen zu beantworten. Er antwortete ihnen geduldig und erschöpfend, obwohl sie genau wußte, daß er diese Stunde eingeplant hatte, um die ersten Arbeiten seiner erstsemestrigen Studenten zu korrigieren. Er besaß eine Art unermüdlicher Güte, die ihn nie verließ. Er selber wuchs daran und wuchs über sich selbst hinaus. Manchmal wurde diese Güte auch tyrannisch, wie sie bald merkte. Sie ließ ihn niemals ausruhen. Die Anspannung verließ ihn nie. Sie lernte zum Beispiel auch, ihn nicht zu überreden, ein Fakultätstreffen zu schwänzen und lieber zu Hause zu bleiben.

Anfangs war es eine Art Spiel gewesen. Sie gab vor, sich zu sehr allein zu fühlen, wenn er hinginge. Sie hängte sich ihm an den Hals und beschwor ihn.

»Oh, Grant, bitte, bitte, verlaß mich nicht!«

Dann löste er ihre Arme. »Aber, mein Liebling, ich muß gehen. Es ist meine Pflicht.«

»Das können sie doch nicht jedes Mal von dir erwarten.«

»Darum geht es nicht.« Inzwischen hatte er sich aus

ihrer Umklammerung gelöst und hielt ihre Hände. »Mrs. Jamieson hat mir erzählt, daß Professor Jamieson grundsätzlich nur jedes zweite Mal hingeht.«
Er ließ auch noch ihre Hände los. »Das hat mit mir nichts zu tun«, gab er zurück.
Gab es vielleicht doch einen Geist in diesem Haus? Auf seinem Gesicht lag ein Ausdruck, der sie an etwas erinnerte, an ein anderes Gesicht. Rasch wandte sie sich ab.
»Natürlich mußt du hingehen. Ich verstehe schon«, sagte sie langsam.
Er wurde unsicher. »Vielleicht hast du recht. Vielleicht – bin ich zuviel weg.«
Oh, sie hatte Angst vor Gespenstern. Sie versuchte, sich mit einem Lachen zu befreien.
»Ach Liebling, sei nicht albern, nein! Ich hab' doch nur versucht, dich zu verführen. Selbstverständlich mußt du hingehen. Außerdem habe ich ein neues Buch. Ich werde es mir gemütlich machen und alles ist in bester Ordnung!«
»Ich möchte nur meine Pflicht tun, Liebes.«
Oh, dieses Gespenst, fort, fort mit dir! Mrs. Seaburys schönes Gesicht, besorgt, nachdenklich, mit gerunzelter Stirn. Mrs. Seabury, die sagte: »Ich möchte nur meine Pflicht tun –.«
»Nun geh schon, Liebling – hier, dein Hut – und deine Pfeife –.«
»Und es ist wirklich alles in Ordnung mit dir?«
»Natürlich – wirklich – ganz bestimmt –.«
Und als sie dann allein in ihrem Haus war, atmete sie

tief durch. Das Gespenst war fort. Sie sah aus dem Fenster. Einen Moment lang schien ein hoher, treuer Schatten hinter ihm einherzuschweben.
So etwas Albernes! dachte sie. Dann schaltete sie alle Lichter ein und nahm ihr neues Buch zur Hand und begann entschlossen zu lesen. Noch lange, bevor sie ihn erwartete, war er zurück. Sie hörte die Haustür und sah überrascht auf, als er auf sie zustürmte. Er fiel auf die Knie vor ihr und nahm sie in seine Arme.
»Aber – was ist denn – was hast du?« brachte sie halb lachend heraus.
»Ich bin ein solcher Dummkopf«, sagte er. »Ich mußte dauernd an dich denken, wie du hier so ganz alleine sitzt. Und es gab kein einziges interessantes Thema bei dem Treffen – lauter alter Routinestoff. Also bin ich gegangen.«
»Oh, Grant, *darfst* du das denn?« flüsterte sie.
»Sag mir nichts von dürfen oder nicht-dürfen«, sagte er leidenschaftlich.
Sie glitt aus dem Sessel in seine Arme, und er küßte sie verlangend. Natürlich gab es keine Gespenster!

Nein, aber eines Sonntagmorgens – draußen regnete es in Strömen – polierte sie die silberne Teekanne, die noch von ihrer Mutter war. Sonntag war immer ein herrlicher Tag, denn Grant arbeitete sonntags nie. Wie hoch sich auf seinem Schreibtisch auch die Papiere stapeln mochten, so wußte sie doch, daß er nicht einmal die Tür zu seinem Arbeitszimmer öffnen würde. Sie schliefen lange und gingen dann spät hinunter zum Frühstück und genossen es, Zeit zu haben. Und auch nach dem Frühstück eilte er nirgendwohin. Er setzte sich mit einem Buch hin und rauchte, und sie tat irgend etwas, was sie gerade tun mochte, eben da, wo er war. An diesem Morgen war es die Teekanne. Letzte Woche hatte sie bemerkt, daß die in das Silber getriebenen Röschen an den schlecht zugänglichen Stellen ganz schwarz geworden waren. Dillie, ihr Mädchen, kümmerte sich nicht um schlecht zugängliche Stellen. Also hatte sie die Kanne ins Wohnzimmer geholt, eine alte Zeitung zu Grants Füßen auf dem Boden ausgebreitet und sich, umgeben von Bürsten und Silberpolitur und weichem Fensterleder, an die Arbeit gemacht. Er warf ein paar frische Holzscheite in den Kamin und beugte sich über sie, um sie zu küssen.

Und in diesem Augenblick sahen sie Mrs. Benton den Weg zum Haus herankommen.

»Oh, Grant!« stöhnte Elinor und schnitt eine Grimasse in Richtung auf Mrs. Benton.

»Kann man nichts machen«, sagte Grant kurz.

Die Türglocke läutete zweimal, laut und bestimmt, und er ging hinaus, um zu öffnen. Elinor sammelte die Zeitung vom Boden, Politur, die Kanne und alles andere und trug es hinüber ins Eßzimmer. Wenn es Mrs. Petrie gewesen wäre, die Frau des Rektors, hätte sie mit der Teekanne weitergemacht. Alle liebten Mrs. Petrie, obwohl niemand behaupten konnte, daß sie eine ideale Rektorsgattin sei. Sie war früher Sängerin gewesen und hatte noch immer eine volle, großartige Altstimme. Aber sie kümmerte sich nicht im geringsten um Kongresse oder Empfänge. Daher mußte es Mrs. Benton, die Frau des Dekans, tun. Sie mußte all das tun, was eigentlich Aufgabe von Mrs. Petrie war. Das sagten alle und Mrs. Benton sagte es auch.

Sie wird sicher wollen, daß ich bei irgend etwas mithelfe, dachte Elinor. Sie würde uns niemals besuchen kommen, wenn es nicht deshalb wäre.

Aber sie mußte hineingehen, und sie ergriff Mrs. Bentons Hand und sagte strahlend: »Scheußliches Wetter heute morgen – Sie sind sehr tapfer, Mrs. Benton.«

Aus den Regentropfen waren nun spitzige Eisnadeln geworden, und der Wind trieb sie klirrend gegen die Fenster. Mrs. Benton knöpfte ihren schwarzen Tuchmantel auf.

»Ich habe keine Zeit mehr zu verlieren«, sagte sie. Sie hatte eine eigenartig platte, tonlose Stimme, die immer zu laut war. »Es ist schon schändlich spät für den Empfang der neuen Studenten. Er ist für Donnerstag vorgesehen und da dachte ich, Sie würden mir vielleicht in meinem Komitee helfen.«

Sie öffnete schon die Lippen, um zu sagen, was sie immer gesagt hatte und was schon ihre Mutter immer sagte: »Oh, aber ich habe nicht das geringste Talent für Komitees.« Aber da sah sie Grants Gesicht. Es trug einen gewissen ernsten, intensiven und festen Ausdruck. Sie schloß den Mund wieder und wartete ab. Da fuhr Mrs. Benton fort.

»Ich weiß, daß diese Art Aufgaben nicht sehr interessant sind. Mein Gott, wer wüßte das besser als ich. Ich habe sie nun schon seit dreiundzwanzig Jahren übernommen – wobei es sich meistens nicht einmal um die Aufgaben der Frau des Dekans handelte. Aber jemand muß sie ja übernehmen. Früher habe ich noch abgewartet, ob jemand anders sich darum kümmert. Aber inzwischen habe ich mich daran gewöhnt, alles selber in die Hand zu nehmen und mich nicht auf andere zu verlassen.«

Die Atmosphäre des Zimmers hatte sich geändert. Anstatt des gemütlichen, ruhigen Friedens lag nun Spannung in der Luft. Es war nicht Mrs. Benton allein, die daran schuld war. Sie hätte sich schon zu helfen gewußt mit Mrs. Benton. Sie hätte sagen können: »Warum machen Sie sich soviel Mühe mit dem Empfang, Mrs. Benton? Ich kann mir vorstellen, daß die neuen Studenten ihn ebensowenig mögen wie wir.« Und wenn Mrs. Benton dann sagte, was sie unzweifelhaft tat: »Es geht nicht darum, was wir tun *mögen*, sondern was wir tun *müssen«*, so hätte sie geantwortet ... Aber Grants Gesichtsausdruck machte all das zunichte. Er klopfte die Asche aus seiner Pfeife.

»Ich finde, du solltest mithelfen, Elinor«, sagte er. »Es handelt sich um eine Tradition der Universität und die halte ich für ziemlich wichtig.«

»Ja, nicht wahr?« fiel Mrs. Benton eifrig ein. »Nun, ich danke Ihnen beiden *so* sehr. Wir wollen uns morgen um elf Uhr in meinem Haus treffen. Ich hätte ja auch anrufen können, aber nach meiner Erfahrung sagen die Menschen per Telefon viel eher *nein.«* Sie erhob sich, um ihren schweren Mantel zuzuknöpfen. »Wenn natürlich jeder seinen Anteil an der Verantwortung tragen würde, wäre es für uns wenige nicht so schrecklich viel.« Sie lächelte tapfer.

Und als sie gegangen war, sagte Grant unruhig: »Ich denke, ich werde mich warm anziehen und rausgehen, Elinor. Ich sollte mich wirklich mehr bewegen. Die Luft wird mir guttun.«

Sie hätte sagen können: »Ich komme mit.« Aber sie sagte es nicht.

»Also gut, Liebling«, stimmte sie statt dessen zu. »Aber ich bleibe lieber hier.«

»Täte dir aber auch gut«, schlug er vor, aber sie schüttelte den Kopf.

Als sie allein war, ging sie ins Wohnzimmer und rollte sich in Grants Sessel zusammen. Dort war sie noch, als er wenige Augenblicke später von oben kam. »Tschüs, Liebes«, sagte er und küßte sie flüchtig. Ein paar Sekunden später sah sie seine hohe schlanke Gestalt durch den Schneeregen den Weg hinuntergehen, den Kopf hoch, die Schultern zurück. Sicher atmete er tief durch.

Ich glaube, dachte sie ruhelos, ich sollte weitermachen und mit der Teekanne fertigwerden.

Sie richtete sich halb auf. Aber dann sank sie zurück. »Mach ich nicht!« sagte sie laut zu dem Gespenst und nahm eine Zeitschrift mit lustig-buntem Titelblatt zur Hand.

Zu ihrer eigenen Überraschung war es ganz amüsant bei dem Komitee. Es machte sogar Spaß, all das zu planen: Musik, Essen und Spiele. Und es war auch sehr angenehm zu wissen, wie Grant diese Tätigkeit anerkannte und ihr zuhörte und sogar eigene Vorschläge machte. Als sie längst genug davon hatte, Hunderte von kleinen Broten zu streichen und zu belegen, machte sie trotzdem weiter, weil Grant sie lobte. Sie setzte sich voll ein während des Empfangs unter Grants Augen. Hin und wieder sah sie von ihrem Platz am Punschtisch auf, um seinem Blick zu begegnen. Er sprach ernsthaft mit jedem der neuen Studenten, einem nach dem anderen. Und als alles schon fast vorbei war und sie eigentlich nur noch darauf wartete, daß die Studenten aufhören würden zu essen und endlich fortgingen, kam Mrs. Petrie hereingestürzt. Groß und blond, mit rosigfrischem Gesicht, sah sie in ihrem dunkelblauen Samtkleid wunderschön aus. Dr. Petrie hatte am Anfang der aufgereihten Studenten gestanden, sehr schmal und etwas gebeugt, und hatte eine Hand nach der anderen geschüttelt und wieder und immer wieder gesagt: »Ich freue mich, Sie hier bei uns zu sehen. Ich hoffe, daß dies der Beginn von vier glücklichen gemeinsamen Jahren sein wird.« Aber Mrs. Petrie war nie bei diesen Empfängen anwesend, und die Leute erwarteten sie auch gar nicht mehr. Und nun war sie plötzlich da, hinreißend anzusehen. Nichts hatte sie zudem für den Empfang getan und nun bat sie obendrein noch jemand: »Singen Sie doch bitte für uns,

Mrs. Petrie!« Und dann ertönten die fröhlichsten Akkorde vom Piano, und aus dem dichten Kreis, den die Studenten um sie bildeten, ertönte ihre volle Stimme.

An der langen Tafel waren Mrs. Benton und einige andere Professorenfrauen damit beschäftigt aufzuräumen und die benutzten Teller zusammenzustellen. Da zischte Mrs. Benton böse: »So macht sie es immer. Sie sind ganz verrückt nach ihr. Aber es muß ja auch jemand für die Arbeit da sein.«

Als Elinor dies am Abend Grant erzählte, sagte er gleich: »Natürlich hat Mrs. Benton recht.« Sie antwortete nicht. Wie sollte man Gespenstern antworten . . .

Es war nicht leicht zu rekapitulieren, wann alles angefangen hatte, nun, da es so war. Vielleicht hatte es mit eben diesem Empfang begonnen.

Nach und nach war es ihr zur Gewohnheit geworden, Grant bei der Korrektur seiner Papiere zu helfen. Es war auch oft lustig, diese naiven, überschwenglichen jungen Aufsätze zu lesen. Sie waren so ernsthaft und so sicher und so rührend.

»Ich weiß nicht, was ich ohne dich getan hätte«, sagte er.

Grants Lob war für sie noch immer das Höchste auf Erden. Und als ihr daher Dekan Benton Mitte des Semesters einen Brief schrieb, in dem er sie bat, den Unterricht eines Erstsemesters für Englisch zu übernehmen, sagte sie zu, einfach weil Grant gesagt hatte:

»Ich glaube, daß du das sehr gut machen würdest, Liebling – in dir steckt mehr als in manch anderer jungen Frau.«

Fast gleich zu Anfang spürte sie, daß sie die Klasse haßte, aber sie brach den Unterricht nicht ab, weil sie sich dessen geschämt hätte. Wie sollte sie das Grant erklären? Im Sommer, nach Ende dieses Semesters, wollte sie ihm sagen: »Ich hasse es zu unterrichten, Liebster. Ich möchte keine neue Klasse.«

Anfang des Sommers kam das Buch über Mrs. Seabury heraus. Während des ganzen vergangenen Jahres hatte es Augenblicke gegeben, in denen über das Buch diskutiert werden mußte, über den Schrifttyp, über den Einband und die Auflage. Grant sagte: »Ich möchte, daß das Buch wie Mutter wird – solide und ehrlich und würdevoll.« Also hatten sie sich für einen schlichten dunkelblauen Leineneinband entschieden, auf den der Titel in Goldbuchstaben geprägt war, und das Papier war mattweiß. Jedesmal stieg in Elinor Widerwillen gegen dieses Buch auf, aber sie hatte ihn niedergekämpft. Es hatte sie Mühe gekostet.

Anfang Juni kam das Buch fertig aus der Druckerei. Sie kam gerade von einem Komitee-Treffen am ersten Tag des neuen Semesters heim – Grant hatte zu ihr gesagt: »Aber natürlich kannst du mithelfen, Elinor. Du hast einen brillanten, klaren Kopf. Außerdem verspreche ich mir davon, daß in diesem Semester alles reibungsloser abläuft als im Vorjahr . . .« – da kam er ihr schon in der Haustür entgegen. Er sah sie ernst an.

»Komm rein und sieh es dir an«, sagte er feierlich. Er führte sie in sein Arbeitszimmer und dort auf seinem Schreibtisch lag das Buch: *Ethel Seabury: Ihr Leben und ihre Zeit.*

»Oh, Grant!« sagte sie. »Es ist genau wie sie!«

»Ja, nicht wahr?« sagte er mit der noch immer gleichen feierlichen Stimme. Er nahm es liebevoll in die Hand, und sie beherrschte sich, es ihm nicht aus der Hand zu reißen. Sie wandte sich ab.

»Ich bin so froh, daß es jetzt fertig ist und daß es genauso ist, wie du es dir gewünscht hast«, sagte sie.

»Findest du es denn nicht auch genau richtig?« fragte er. Er sah dabei nicht sie an, sondern das Buch. Sein Mund war zärtlich und weich und seine Augen leuchteten. »Ich wünschte, sie könnte es sehen.«

»Es ist absolut perfekt«, sagte sie wieder. Und dann, ohne besonderen Grund, fühlte sie sich unglaublich erschöpft. »Wenn es dir recht ist, Liebling«, fing sie an, aber er hörte sie nicht. »Ich bin müde«, sagte sie. Ihre Lippen bebten. »Ich gehe hinauf, mich waschen und umkleiden.« Er antwortete nicht. Oben in ihrem Zimmer fühlte sie sich plötzlich der alten, dummen Eifersucht hilflos ausgeliefert.

»Ich weiß, er hält sie noch immer für die wunderbarste Frau der Welt –.«

Sie weinte ein wenig, da sie wirklich sehr müde war. Dann badete sie und zog ihr altes blaues Hauskleid an, bürstete lange und energisch ihr Haar und ging dann hinunter, um den Abend mit Grant und dem Buch zu verbringen – und mit dem Gespenst.

Danach war es ihr unmöglich, Grant zu erklären, daß sie nicht mehr unterrichten wollte. Er las das Buch noch einmal, sehr gründlich. »Das war gute Arbeit«, sagte er, als er damit fertig war. »Aber wieso sollte es das auch nicht sein. Welch ein Leben, voller Vitalität, so ausgefüllt, so nützlich – dagegen wirken andere Frauen wie alberne Kinder – außer dir.«
»Ach, ich bin doch ein Nichts«, rief sie und zwang sich ein Lachen ab, als ihr das herausrutschte.
»Du fängst an, eine ganze Reihe von Dingen recht ordentlich zu machen, Elinor«, sagte er ernsthaft. »Das ist mir aufgefallen.«
»Vielen Dank!« Sie verbeugte sich ironisch.
»Nein, das finde ich wirklich«, betonte er.
Sie verbeugte sich abermals. Aber er sah es nicht. Er las die Widmung, die er dem Buch gegeben hatte.
»Meiner Mutter, die allein mir die Schönheit von Güte und Aufopferung gezeigt hat.«
So wandte sie sich zynisch um und verbeugte sich abermals, diesmal vor einem Gespenst.
Jedoch, bei allem Zynismus, sie konnte die Klasse jetzt nicht mehr abgeben. Während der ganzen sommerlichen Semesterferien verdrängte sie jeden Gedanken daran aus ihrem Kopf, und sie fuhren nach Norwegen und Dänemark und danach nach England und kamen gerade noch rechtzeitig zu Semesterbeginn zurück. Sie besprachen noch, ob sie lieber zwei Tage früher nach Hause zurückfahren sollten.
»Ich würde gerne mal wieder meinen Vater besuchen«, sagte sie.

»Wir hätten uns nicht auf die Extratour in England einlassen sollen«, sagte Grant mit gerunzelter Stirn. »Ich habe noch vieles vorzubereiten für den Semesterbeginn.«

Ihr war nicht danach zumute, sich in seine Arbeit einzumischen. Außerdem wartete in New York, als sie ankamen, bereits ein Brief auf sie, ein enthusiastischer, alberner Brief, unterschrieben von drei albernen alten Leuten. »Wir haben einen Produzenten«, schrieben sie, »die Show beginnt!« Grant hatte wirklich keine Lust, seinen Vater zu besuchen.

Sie nahm sich zwei Tage Zeit und fuhr allein, ihren Vater wiederzusehen. Alles war wie immer. Das Haus war so ruhig und auch er so still, daß zwei Tage zu lang wurden. Sie flüchtete zurück zu Grant.

»Ist mit dir auch wirklich alles in Ordnung?« fragte sie noch einmal, während sie sich aus dem Zugfenster beugte, um ihrem Vater einen Abschiedskuß zu geben.

»Aber ja, natürlich«, sagte er. Er lächelte vage. »Mein Leben ist vorüber, weißt du. Ich warte nur noch.«

Als der Zug fuhr, dachte sie darüber nach, warum es so war, daß eine Ehe nie aus zwei gleichen Teilen bestand. Einer bezieht seine Kraft immer aus dem anderen. Seit ihre fröhliche, kleine Mutter gestorben war, war ihr Vater nur noch ein Schatten seiner selbst. Solange sie lebte, hatte sein Leben Sinn und Substanz, aber als sie fort war, hatte sie das, was sein Leben ausmachte, mit fortgenommen.

Das neue Semester begann, und sie ging geduldig und

gegen ihren Willen zu ihren Unterrichtsstunden. Sie hatte aufgehört, an Gespenster zu denken. Sie hatte sie sogar vergessen. Jetzt erst lebte sie ihr wirkliches Leben. In diesem Jahr stand sie an der Spitze des Komitees für den Fakultätsempfang der neuen Studenten. Mrs. Benton war damit beschäftigt, das Anfangskapital für eine Ein-Million-Dollar-Stiftung für Stipendien aufzutreiben. Im allerletzten Moment, wenige Tage vor Ende der Ferien, beschloß Mrs. Petrie in Paris zu bleiben. Um so mehr trieb Mrs. Benton alle anderen an. Die Ein-Million-Dollar-Stiftung, die jahrelang für alle nur ein schöner Traum gewesen war, wenngleich man sich bei jeder Gelegenheit für ihn einsetzte, wurde für Mrs. Benton nunmehr zu einer Notwendigkeit, in die sie sich hineinstürzen konnte. Sie engagierte einen berufsmäßigen Geldauftreiber, mit dem sie stundenlange Besprechungen führte, und sie nahm auch Elinor ins Visier.

»Ich weiß, daß Mrs. Benton mich baldigst bitten wird, auch etwas zu tun«, erzählte sie Grant. »Das merke ich schon an der Art, wie sie mich ansieht.«

Noch am gleichen Abend suchte Mrs. Benton sie auf. Sie saßen jetzt beide über Korrekturen, machten manchmal eine Pause, um etwas laut vorzulesen oder um über eine Stilregel oder Inhaltliches zu diskutieren.

»Verdammt«, sagte Grant leise, als es an der Haustür klingelte.

»Ich gehe schon«, sagte sie. Dabei fiel ihr auf, als sie ihren Schreibstift niederlegte, daß Grant in letzter

Zeit weniger häufig protestierte, wenn sie anbot, zur Tür zu gehen. Sein »Laß mich gehen, Liebling« kam längst nicht mehr so rasch wie früher. Aber es lohnte nicht, daran einen Gedanken zu verschwenden. Sie öffnete Mrs. Benton.

»Kommen Sie herein«, sagte sie.

»Ich habe nur eine kleine geschäftliche Angelegenheit auf dem Herzen«, fing Mrs. Benton an.

»Kommen Sie doch zu uns herein ins Wohnzimmer«, sagte Elinor. Hinter Mrs. Benton und über deren Kopf hinweg schnitt sie eine kleine Grimasse zu Grant hinüber und formte tonlos mit den Lippen die Worte: »Ich hab's ja gewußt!«

»Mir ist gerade der Gedanke gekommen«, sagte Mrs. Benton, setzte sich und bedachte Grant mit einem gewollten Lächeln, »daß Ihre Frau die jüngste und hübscheste Frau der ganzen Fakultät ist.«

»Aber nein!« entrüstete sich Grant zwinkernd.

»Und deshalb«, fuhr Mrs. Benton unbeirrt fort, »ist sie genau die Richtige, sich mit einer Rede für unsere Stiftung einzusetzen.«

»Oh, nein!« rief Elinor. »Das geht nicht – das kann ich nicht – ich habe noch nie –«

»Ich bin ganz sicher, daß Sie das können«, sagte Mrs. Benton. »Ich habe schon lange gemerkt, daß Sie das so ganz ausgezeichnet machen, wenn Sie einen Bericht vor dem Komitee abgeben oder etwas in der Art –.« Sie wandte sich an Grant. »Sie kann im Stehen denken, Herr Professor, und das ist so selten.«

»Ja, das ist es«, sagte Grant.

»Grant, nein, das kann ich nicht!« wiederholte Elinor. »Bitte!«
Sie sah ihn flehentlich an, überzeugt davon, daß er sie unterstützen würde. Sie wollte nicht ihr Haus verlassen müssen und in der Gegend herumreisen, um Reden zu halten. Aber zu ihrem Erstaunen sah sie Vergnügen in Grants Augen aufblitzen und sein Lächeln galt nicht ihr, sondern Mrs. Benton.
»Ich weiß nicht, Elinor«, sagte er warm und herzlich, »ich weiß nicht, warum du das nicht können solltest. Du hast doch alles geschafft, was du dir vorgenommen hast.«
Sie spürte, daß er sich mit dem Feind gegen sie verbündete. Sofort und bestimmt wollte sie sagen: »Nein Grant, das mache ich nicht!« Aber sie sagte es nicht. Still saß sie da und fühlte sich wieder einmal von seiner Zustimmung überwältigt.
»Sie könnten einfach beim Rotarier-Club in unserer Stadt damit anfangen«, sagte Mrs. Benton. Sie öffnete ihre Handtasche und suchte nach einem Brief. »Ah, da ist ja ihr Brief. Ich habe ihn nur für alle Fälle mitgebracht. Sie schreiben darin: ›Wir würden uns sehr gerne auf unserem Oktobertreffen mit Ihnen und Ihren Mitstreitern für dieses verdienstvolle Unternehmen befassen.‹ Das wäre genau die richtige Gelegenheit für Sie, meine Liebe.«
Hilflos wandte sich Elinor noch einmal zu Grant. Aber er sah sie nicht an. »Ich sehe keinen Grund, der dagegenspricht«, sagte er stattdessen. »Ich sehe wirklich keinen Grund.«

Das Seltsamste dabei war, daß sie, sobald der Anfang einmal gemacht war, Spaß daran hatte. Schon Tage vor dem Treffen war sie halb krank vor Angst und jedes Mal, wenn sie an den bevorstehenden Abend dachte, bekam sie einen ganz trockenen Mund. Aber als es dann nach dem festlichen Abendessen wirklich soweit war, und sie sich unter dem Beifall aller erhob und ringsum die ihr zugewandten, aufmerksamen Gesichter sah, fiel alle Angst von ihr ab und eine gewisse Macht ergriff sie. Sie begann, leicht und ohne Hemmungen zu sprechen, ihre wohlmodulierte Stimme drang bis in den hintersten Winkel des Raumes, und sie fühlte sich von einer starken, neuen Überzeugung getragen. Während sie sprach, spürte sie, daß Mrs. Benton recht hatte mit ihrem Vorhaben. Sie brauchten die Million Dollar, und sie brauchten sie jetzt. Ihre Stimme klang absolut ernsthaft, und ihre Gedanken reihten sich überzeugend aneinander. Sie legte ihre Vortragsnotizen beiseite und sprach frei. Sie konnte tatsächlich im Stehen denken.

Nachher umringten sie alle und schüttelten ihr die Hände. Sie hörte einen nach dem anderen sagen: »Sie haben vollkommen recht, mit dem was sie sagen, junge Frau.« »Ich finde, wir müßten wirklich etwas für die alte Alma Mater tun –.« »Warum sollten wir denn nicht jetzt gleich das Geld dafür geben; reicher werden wir sowieso nicht mehr, wie die Dinge stehen.« Sie hörte zu, lächelte und spürte eine so tiefe Befriedigung wie nie zuvor in ihrem Leben. Sie fühlte sich mächtig und intelligent und nützlich. Grant war

tete mit ihrem Mantel auf sie, und sein Gesicht leuchtete vor Stolz. »Du warst fabelhaft«, flüsterte er. »Ich war so stolz auf dich, daß ich am liebsten allen laut zugerufen hätte: ›Das ist meine Frau!‹« Nie zuvor hatte sie ihn so strahlen gesehen, nein, aus keinem noch so großen Anlaß – nicht mal an dem Tag, als er ihr sagte, daß er sie liebe.
Dann kam Mrs. Benton mit einem neuen Vorschlag: »Die Reaktion unseres hiesigen Rotarier-Clubs war so fabelhaft, meine Liebe, meinen Sie nicht, daß Sie auch nach Clintonville hinüberfahren könnten? Sie würden Sie mit offenen Armen empfangen. Sie sind jetzt schon über unsere Grenzen hinaus berühmt.« Und zu ihrem eigenen Erstaunen fühlte sie sich diesmal gar nicht überfahren. Außerdem sagte Grant auch noch: »Warum nicht? Es geht um einen guten Zweck.«
Damit war der Anfang zu ihrer Wintertournee gemacht. Sie bereiste drei Staaten, und die Fakultät verpflichtete den jungen Mr. Brady, der dritter Assistent für Engli ch war, während ihrer Abwesenheit den Unterricht bei ihren Studenten zu übernehmen. Bis zum Februar war die Eine-Million-Dollar-Stiftung schon fast unter Dach und Fach. Zu Weihnachten war auch Mrs. Petrie aus Paris zurückgekehrt, schöner denn je. »Ach, meine Liebste«, rief sie Elinor zu, »Was hab' ich da alles gehört über Ihre fabelhaften Vorträge und Erfolge?! Das nächste Mal will ich auch dabei sein.« Auf einem Stückchen Papier schrieb sie sich Tag und Stunde von Elinors nächstem Vortrag

im Dienstag-Morgen-Club auf, aber als Elinor aufstand und anfing zu sprechen, sah sie Mrs. Petrie nirgendwo.
Drei Tage später verkündete Mrs. Benton in ihrer Gegenwart: »Sie hätten unsere Elinor am Dienstag hören sollen – sie war einfach fabelhaft.«
»Wie?« fragte Mrs. Petrie. Sie war erst sehr spät zum Fakultätstreffen gekommen. »Ach du Schreck, Elinor, meine Liebe, entschuldigen Sie, ich hab's vergessen!«
»Ist doch nicht so wichtig«, sagte Elinor. Sie meinte es ganz ehrlich und haßte sich dann dafür, daß sie es doch wichtig fand.
»Ja, nun«, stimmte Mrs. Petrie zu, »was ich tue oder nicht, kümmert sowieso niemanden – jeder weiß, daß es nicht so wichtig ist.«
»Als würde sie das entschuldigen!« zischte Mrs. Benton ärgerlich. Aber Mrs. Petrie sprach schon wieder mit jemandem anders. Sie hatte das schon wieder vergessen.

Die Entdeckung dieser neuen, unerwarteten Begabung war für sie wirklich aufregend. Sie hatte keine Angst mehr vor Menschenansammlungen. Sie wußte, in dem Augenblick, wo sie sich von ihrem Platz erhob, reihten sich die Argumente in ihrem Kopf logisch aneinander, und eine ungeahnte Kraft ergriff von ihr Besitz und trug sie über alle Hürden. Und wenn sie ihre eigene Stimme hörte, ruhig und sicher, wandten sich ihr alle Gesichter zu, alles wurde

still, und sie spürte den Strom des Gleichklangs, der sie mit ihrem Publikum verband.
Eines Tages kam Dr. Petrie, sie zu besuchen. Grant und sie waren gerade fertig, zum Golfspielen zu gehen – sie hatten erst kürzlich damit angefangen, da ihre Vorträge ihnen auch neue Bekannte brachten.
»Ich möchte Sie nicht aufhalten«, sagte Dr. Petrie. Er stand in der Eingangshalle, groß und immer ein wenig schüchtern. Manchmal war es schwer, sich vorzustellen, daß er eine wichtige Persönlichkeit auf dem Gebiet der Erziehung und Wirtschaftswissenschaft, Autor von Standardwerken und ein erfolgreicher Universitätsrektor war.
»Kommen Sie! Kommen Sie herein!« sagte Grant herzlich. Jedermann liebte Dr. Petrie. Sie stellten ihre Golfsäcke wieder ab und gingen zusammen ins Wohnzimmer, und Dr. Petrie kam sofort zur Sache, wobei sein schüchternes Lächeln alles, was er sagte, überstrahlte.
»Ich bin gekommen, Sie um einen großen Gefallen zu bitten, Mrs. Seabury. Wir alle sind so sehr beeindruckt von der Arbeit, die Sie für den Stipendium-Fond geleistet haben. Dekan Benton ist der Ansicht, daß wir Ihnen mehr als irgend jemand anderem zu Dank verpflichtet sind. Es war ganz wunderbar.«
Seine warmen, freundlichen Augen unterstrichen die Herzlichkeit, mit der er dies sagte, und impulsiv fiel Grant ein: »Ja, war das nicht großartig?«
»Ja wirklich«, stimmte Dr. Petrie zu. »Und nun geht es darum, ob Sie bereit sind, noch mehr für uns zu

tun. Hört sich richtig undankbar an, nicht wahr? Aber würden Sie vielleicht eine kleine Tour zu den anderen Studentenzentren auf sich nehmen, um auch denen genau das zu sagen, was Sie den Leuten hier klarmachen konnten?«

Sie sah Grant an.

»Warum nicht?« sagte er eifrig.

»Aber nein – ich muß doch – wie lange müßte ich denn da von zu Hause fort sein?« schwankte sie.

»Nun, nicht länger als einen Monat oder vielleicht sechs Wochen«, sagte Dr. Petrie. »Es wäre uns eine große Hilfe.«

Wieder sah sie Grant an.

»Dann wärest du ganz allein«, sagte sie.

»Ich komme schon zurecht«, sagte Grant, »für eine so gute Sache.«

»Danke Ihnen, Seabury«, sagte Dr. Petrie, »vielen Dank. Jetzt will ich Sie nicht länger von Ihrem Golfspiel abhalten.«

»Wann soll ich denn damit beginnen?« fragte Elinor.

»Nächste Woche vielleicht?« schlug Dr. Petrie vor.

Die wenigen ihr verbleibenden Tage verbrachte sie damit, Dillie alles beizubringen, was Grant mochte und was er nicht mochte. Auf große Papierbögen schrieb sie für jeden Tag der Woche genau auf, was Grant zu essen bekommen sollte. Als sie gerade schrieb: »Gegrilltes Kotelett mit Erbsen –« hielt sie plötzlich inne und legte den Stift an ihre Lippen. Eine gespenstische Vertrautheit ergriff sie. Aber dann fuhr sie rasch fort. Es war albern, an Gespenster zu denken. Wenn sie übrigens die Menüs nicht zusammenstellte, würde Dillie nichts anderes als Frikadellen und Blumenkohl servieren. Weiter reichte ihre Phantasie nicht.

Im Zug schließlich, ganz kurz vor der Abfahrt, gab es einen Augenblick, da sie sich wünschte, sich nicht auf dieses Unternehmen eingelassen zu haben. »Oh, Grant«, schluchzte sie, das Gesicht in seinen Mantel gedrückt, »ich weiß nicht, ob das alles so richtig ist!«

»Kopf hoch, Liebes«, sagte er und klopfte ihr aufmunternd auf den Rücken. »Du stehst kurz vor einem deiner größten Erfolge. Ich bin schrecklich stolz auf dich.«

Daraufhin sah sie ihn an und lächelte. Und als das Abfahrtssignal ertönte und er den Zug verlassen mußte, winkte sie ihm durchs Fenster. Sie würde Erfolg haben. Und als der Zug abgefahren war und sie ihn nicht mehr sehen konnte, dachte sie daran, wie stolz er auf sie sein würde, wenn sie zurückkam.

Wann immer sie während dieses Monats in einem neuen Hotel ankam, ergriff sie zuerst Grants Briefe und las sie, bevor sie irgend etwas anderes tat. Er kam sehr gut zurecht – wenngleich er sie vermißte, aber er sei sehr stolz auf sie. Dillie richtete sich genauestens nach ihren Anweisungen. Alles lief reibungslos wie ein Uhrwerk. Sie möge sich keine Sorgen machen – solle sich nur voll in ihre Aufgabe stürzen. Wenn sie heimkommen würde, wollte er gern mit ihr über die Angelegenheit sprechen, regelmäßige Seminare zu halten, nun, da sie diese Begabung hatte. Aber er

wollte warten. Und zum Schluß noch ein kleiner Hinweis bezüglich der Reporter. Mit denen kannte er sich aus der Zeit seiner Mutter aus. Sie blätterte zurück zur ersten Briefseite.
Er war so stolz auf sie.

»Weißt du, Liebes, während du fort warst, hatte ich viel Zeit zum Nachdenken.« Es war der erste Augenblick, in dem sie endlich allein waren, seit sie heimgekehrt war. Am Zug hatten sie Vertreter abgeholt und man hatte sie direkt in das Haus von Dekan Benton gebracht, wo jeder beim Tee alles über ihre Rundreise hören wollte. Mrs. Benton wuselte geschäftig umher und schubste den kleinen, stillen Dekan hierhin und dahin. Er wollte ihr bei den Teetassen helfen, aber sie sagte rasch: »Setz dich nur hin, Jonathan, bitte. Du brauchst mir nicht zu helfen.«
Und als es dann endlich soweit war, war es Mrs. Benton, die sich erhob und sagte: »So, würden nun bitte alle Platz nehmen!« Sie klatschte in die Hände und es wurde still. Dann fuhr sie fort: »Wir haben uns alle so sehr gefreut, als wir die Nachricht erhielten, daß der Stipendienfond voll garantiert ist und unsere liebe Mrs. Seabury war es, die . . .«
Elinor zuckte leicht zusammen. Dr. Petrie, der neben ihr saß, schaute still aus dem Fenster und hörte nicht zu. Mrs. Petrie war nicht gekommen, aber schließlich hat das auch kaum jemand erwartet.
»Nun, Mrs. Seabury!« forderte Mrs. Benton sie nun im Befehlston auf. »Kommen Sie bitte nach vorne.«

Sie schüttelte den Kopf und erhob sich, dabei stützte sie sich auf die Sessellehne vor ihr. »Ich möchte lieber hier stehenbleiben, wenn es Ihnen nichts ausmacht«, sagte sie. »Da gibt es nicht soviel zu berichten.«
Beim Klang ihrer Stimme, wandte sich Dr. Petries Gesicht ihr aufmerksam zu.
Als alles vorüber war, war sie endlich mit Grant alleine. Ach, war das herrlich, in das alte blausamtene Hauskleid zu schlüpfen und dann auf Pantöffelchen nach unten zu gehen, wo Grant vor dem Kaminfeuer stand. »Ich bin doch eine Haus-Frau«, flüsterte sie an seiner Schulter.
»Ach wa , ganz im Gegenteil«, sagte er lachend. »Sag' mal, Liebes –«, und damit hatte er seinen Vortrag angefangen, worüber er inzwischen nachgedacht hatte.
»Warum sollten wir dich nicht fördern und weiterentwickeln?« fragte er. »Du stehst am Anfang einer Karriere, Elinor. Alle sagen das. Es ist ganz phantastisch und daraus müssen wir etwas machen. Nun, da du diese Aufgabe erfolgreich hinter dich gebracht hast, könntest du deine Talente in noch höhere Ziele stecken – vielleicht in die Politik oder in eine nationale Fraucnliga, weißt du. Damit kann man Geld lokkermachen – mit Seminaren für Frauen. Nicht, daß ich von dir verlange, Geld zu verdienen, das weißt du ja. Aber cs wärc so gut für die Erziehung der Öffentlichkeit.«
»Erziehung der Öffentlichkeit?« wiederholte sie murmelnd. »Ich will doch nicht . . .«

Aber er hörte sie nicht. Er stopfte rasch seine Pfeife, und die Begeisterung seiner Pläne beflügelte ihn.
»Dann könntest du ein Buch schreiben über deine Seminare«, sagte er. »Mutter hatte das auch immer vor und sie hätte es auch – wenn sie lange genug gelebt hätte. Um es richtig vorzubereiten, werden wir alle Vorträge schriftlich festhalten – am besten mit Hilfe einer Stenotypistin, der man rasch alles diktieren kann. Wenn man versucht, es erst hinterher niederzuschreiben, wird es niemals mehr so spontan. Weißt du was, Liebling, du brauchst einen Manager, und der werde ich sein.«
»Aber deine eigene Arbeit –«, wandte sie ein. Sie saß jetzt aufrecht neben ihm und war nicht mehr an ihn angelehnt. Sie wußte nicht, was sie davon halten sollte – sie war sich nicht sicher –.
»Ach, die mache ich schon auch noch«, sagte er obenhin. »In dir steckt mehr Zukunft als in einer Handvoll Studenten. Ach, Liebling, du!«
Er zog sie leidenschaftlich in die Arme, und sie konnte seiner Bewunderung nicht widerstehen. Nein, es war einfach herrlich, bewundert und verehrt zu werden. Sie sagte kein Wort, als er nach dem Essen mit einem Aktendeckel voller Zeitungsausschnitte kam und eifrig anfing, ihr seine Vorstellungen zu erläutern.
»Ich habe alles gesammelt, was es an möglichen Anlässen gibt, Elinor. Ich möchte nicht, daß du etwas anfängst, nur weil ich es vorgeschlagen habe. Du mußt es wirklich in dir selbst püren, sonst kann es kein Erfolg werden.«

Er reichte ihr ein Papier nach dem anderen, und sie nahm es. »Sind Frauen weniger kreativ als Männer?« las sie da. »Frauen contra Männer in der Politik.« »Liga für politische Erziehung der Frauen hält Versammlung ab –.«
Dann schob sie alle Zeitungsausschnitte beiseite. »Ich möchte darüber nicht schon heute abend entscheiden, Grant«, sagte sie. »Ich bin doch gerade erst wieder daheim.«
Er legte alle Papiere wieder in den Ordner. »Nein, natürlich nicht«, sagte er zärtlich. »Du bist müde.« Er legte den Ordner auf den Tisch, ging zum Radio und suchte, bis er einen Sender fand, der eine ruhige, sanfte Kammermusik brachte. Dann zog er sie neben sich auf die Couch.
»Ruh' dich aus«, flüsterte er, »ruh' dich aus.«
Sie legte den Kopf an seine Brust und schloß die Augen und blieb ganz ruhig so liegen. Aber unter ihrer Wange spürte sie das wilde Schlagen seines Herzens. Das Blut pulsierte durch seine Adern und versorgte sein geschäftig planendes Hirn. Er drückte sie an sich und küßte sie. »Ich möchte dich um etwas bitten«, sagte er. »Ich will dich nicht drängen, Elinor. Aber wenn du dich entschieden hast, würdest du es mir dann gleich sagen?«
»Ja«, versprach sie.
Die Musik war so ruhig und friedlich wie der Nachthimmel, aber sein Herz schlug voller Unruhe.
Sie konnte sich nicht entschließen. Manchmal, wenn sie allein im Haus war, dachte sie, ich möchte zu

Hause bleiben. Ich will nichts anderes tun. Das Haus war ihr so lieb geworden, still und gemütlich war es um sie her. Sie liebte es, sich um das Haus zu kümmern und häusliche Pläne zu machen.

Und doch war es ebenso angenehm, wenn einen alle Leute bewunderten und voll warmer Sympathie waren. Dr. Petrie kam noch zweimal zu ihr, um sich mit ihr über den Stipendienfond zu beraten. Sogar in ihrer Klasse waren die Studenten beinahe ehrerbietig.

»Also wirklich, Mrs. Seabury«, murmelte ein hochaufgeschossener Bursche scheu, »wir alle fanden es prima – wie Sie das so gebracht haben, Sie wissen schon.«

»Das war richtig aufregend«, fiel ein begeistertes junges Mädchen ein. »Ich glaube, Sie wissen gar nicht, wie sehr Sie uns damit inspiriert haben. Es ist so toll, wenn man miterlebt, wie eine Frau nicht einfach nur dasitzt und auch andere Dinge im Kopf hat als Bridge!«

Als sie alleine war, versuchte sie zu ergründen, wie es in ihr aussah. Grant sagte: »Du mußt von deiner Aufgabe überzeugt sein, das ist natürlich Voraussetzung.« Wovon war sie überzeugt, welches waren ihre Gefühle? Das war das eigentlich Aufregende: sie war von vielen verschiedenen Dingen überzeugt. Sie konnte sich zum Beispiel selbst davon überzeugen, daß die Frauen am öffentlichen Leben mehr teilhaben sollten. Eigentlich war es eine Schande, wie die Frauen sich mit der Sicherheit ihres Hauses umgaben und dabei ihre Gedanken und Intelligenz brachlegten. Fast keine Frau hatte über ihr Vergnügen hinaus echte andere Interessen. Ihre eigene Mutter zum Beispiel – sie war so lieb und so fröhlich gewesen, aber sonst . . .

Und dann erschien eines Tages Mr. Seabury zu einem Besuch bei ihnen. Er hatte in letzter Zeit nie mehr geschrieben, weil er es immer wieder vor sich herschob, so daß sie sich schon Sorgen um ihn gemacht hatte.

»Grant, seit *Wochen* haben wir keine Nachricht von deinem Vater!«

»Ja nun«, hatte Grant dann gesagt, »wenn irgend etwas nicht in Ordnung wäre, würden wir sofort benachrichtigt.«

Aber sie hatten keine Nachricht von ihm bekommen. Daher war sie vollkommen überrascht, als sie die Tür öffnete, und er urplötzlich vor ihr stand. Ein Taxifahrer brachte seinen Koffer aus dem Wagen, der vor dem Haus hielt.

»Hallo, Elinor«, sagte er sanft.

»Na, so etwas, Mr. Seabury!« rief sie.

»Ich dachte, ich komme euch mal besuchen«, sagte er.

»Ja, aber natürlich. Bitte, kommen Sie doch herein«, stammelte sie. »Haben Sie uns geschrieben oder telegrafiert? Ich meine, ist es unser Fehler, daß wir nichts von Ihrem Kommen wußten?«

»Nein«, sagte er, »nein, gar nicht.«

Er gab dem Taxifahrer ein fürstliches Trinkgeld und kam ins Haus. Er wirkte so fröhlich und unternehmungslustig, daß sie ihn kaum wiedererkannte. »Es ist halt so«, sagte er, während er seinen neuen Tweedmantel und den leuchtend gemusterten Schal ablegte. »Ich habe nicht geschrieben, weil ich nicht wußte, was ich schreiben sollte. Wir waren sehr mit dem Stück beschäftigt –.«

»Arbeiten Sie nicht mehr bei der Bank?«

»Nein«, sagte er sanft, »nein. Das habe ich schon vor einiger Zeit aufgegeben, aber ich bat deinen Vater, darüber Stillschweigen zu bewahren. Das Stück nimmt eine Menge Zeit in Anspruch.«

Sie führte ihn ins Wohnzimmer.

»Wie steht es mit dem Stück?« erkundigte sie sich.

Er setzte sich und zündete eine Zigarre an. Mr. Seabury und eine Zigarre! Grants Mutter hatte Zigarren gehaßt!

»Es ist soweit«, sagte er feierlich. »Übermorgen soll Premiere sein. Das wollte ich euch sagen und gleichzeitig fragen, ob Grant und du kommen könnt. Ihr bekommt die besten Plätze im ganzen Haus.«

»Wer ist denn der Produzent?« fragte sie.

»Wir alle«, sagte er. »Peter und Mrs. Cassels und ich. Weißt du, Peter hat einen echten Sinn für Dramaturgie. Ich glaube nicht, daß Ethel ihn jemals richtig verstanden hat. Und Mrs. Cassels –« Er unterbrach sich und streifte die Asche von seiner Zigarre. »Nun, ich glaube, ich hatte keine Ahnung, daß es Frauen wie sie gibt.« Wieder schwieg er einen Augenblick und fuhr dann fort. Seine tiefe, beinahe ein wenig melancholische Stimme schien alles, was von dem früheren

Mr. Seabury übriggeblieben war. War nicht auch sein Haar dunkler als früher? Und ganz sicher hatte er früher nie einen Siegelring getragen und auch keine farbige Weste. »Ethel«, fuhr er nun fort, »war eine hochangesehene Frau –.« Er warf ihr einen schrägen Blick zu und ein langsames, schelmisches Lächeln trat in seine Augen. »Sie war schrecklich hochangesehen«, sagte er sanft, »und davon habe ich für ein ganzes Leben lang genug.«
Sie lachte. »Gut, daß Grant Sie nicht hören kann«, sagte sie.
»Nein«, flüsterte er. »Das soll er nicht. Nun« – sprach er dann, und seine Stimme wurde wieder natürlich, »wie ist das mit der Premiere?«
»Natürlich kommen wir«, sagte sie fröhlich. Ihr Herz machte einen Satz. Mr. Seabury hatte etwas an sich, das einen sorglos und schelmisch werden ließ. Grant würde von ihm entsetzt sein. Grant würde vielleicht auch nicht zu der Premiere fahren wollen.
»Wir kommen, selbstverständlich«, versprach sie.
»Das ist schön«, sagte er. »So. Und nun, wenn du Zeit für mich hast, zeig' mir doch diese Stadt.«
So verbrachte sie den Nachmittag mit Mr. Seabury. Neben ihr stehend betrachtete er in Gedanken versunken die von Efeu bewachsene Kapelle, und in der Bibliothek hüstelte er möglichst leise.
»Hm«, sagte er dann, »das alles kommt mir sehr bekannt vor.«
Zu Fuß gingen sie dann zusammen heim in der kühlen, frühen Abenddämmerung.

»Glauben Sie, daß das Stück Erfolg haben wird?« fragte sie. »Ich hoffe es so sehr.«
»Ich weiß nicht«, sagte Mr. Seabury. »Manchmal glaube ich, vielleicht ist es doch kein so gutes Stück. Aber der Erfolg spielt keine so große Rolle – was ich mir gewünscht hatte, hat mir das Stück schon gegeben. Das Wesentliche an einem Stück ist, es auf die Bühne zu bringen.« Er schwieg eine Weile. »Ich glaube nicht, daß Grant das verstehen könnte«, sagte er dann langsam. »Wenn es kein Erfolg wird, denke ich, daß Grant bestimmt sagen wird, daß er nichts anderes erwartet habe.«
»Aber nein«, sagte Elinor, »so dürfen Sie nicht von ihm denken. In Wirklichkeit ist er gar nicht so.«
»Ich weiß nicht, wie er wirklich ist«, sagte Mr. Seabury.
Sie gingen die Stufen hinauf, und sie bemerkte Licht in Grants Arbeitszimmer.
»Entschuldigung«, sagte sie, »ich will nur rasch Grant Bescheid sagen –.« Damit eilte sie ihm voraus und rannte in Grants Arbeitszimmer. Er saß an seinem Schreibtisch. »Dein Vater ist da«, rief sie ihm von der Tür entgegen. Dann beugte sie sich über ihn und flüsterte eindringlich. »Das Stück hat übermorgen Premiere und wir sind von ihm eingeladen. Grant, bitte versprich mir, daß du zusagst!«
Er blickte zu ihr auf. »Ja, wenn dir etwas daran liegt –«, sagte er verwundert.
»Ja sicher liegt mir daran«, flüstere sie – und wußte

»Wenn ich selber nicht mag, werde ich es auch nicht tun«, sagte Elinor, hielt einen Moment inne und versuchte, ihre eigene Wahrheit endlich zu finden. »Aber wenn ich es mache, finde ich es sehr aufregend.« Sie suchte nach etwas, was sie noch vorbringen könnte. »Grant möchte gern, daß ich weitermache«, wiederholte sie. Sie wurde das Gefühl nicht los, daß sie sich gegen Mrs. Petrie verteidigen müsse.
Mrs. Petrie berührte abermals ein Tulpenblatt.
»Wissen Sie, wir hatten gehofft – wir, damit meine ich meinen Mann und mich – daß Grant im nächsten Herbst seine Vollprofessur erreicht.« Elinors Herz tat einen Satz. Das würde bedeuten – aber Mrs. Petries Stimme ließ ihr keine Zeit zum Nachdenken. »Aber es kommt einem so vor, als läge ihm selbst gar nicht soviel daran. Er tut natürlich seine Arbeit, das schon, und ganz bewußt, aber das Flair fehlt irgendwie.« Sie hielt ein paar Sekunden inne und fuhr dann fort. »Man hat fast den Eindruck, als interessierte er sich weitaus mehr für etwas anderes.«
Sie antwortete nicht. Sie saß ganz still und wartete.
»Wollen Sie mir nicht genau erklären, was Sie damit meinen, Mrs. Petrie?« fragte sie schließlich.
»Ja, das will ich«, sagte Mrs. Petrie. Sie wandte sich jetzt voller Wärme Elinor zu. »Meine Liebe, Sie befinden sich in einer Situation, die heutzutage viele Frauen mit Ihnen teilen. Ich stand auch einmal an diesem Punkt. Wußten Sie, daß ich an der Oper war? Nun ja, war ich, und ich kam gar nicht auf den Gedanken, es aufzugeben. Und Dan wollte schon gar

nichts davon wissen.« Mrs. Petrie lächelte in der Erinnerung und streichelte eine Tulpe. »Also blieb ich an der Oper. Ich konnte kommen und gehen in meiner freien, ungebundenen Art, und alles lief ganz gut – Kinder hatten wir ja nicht, verstehen Sie. Und dann, ganz plötzlich, entdeckte ich, daß Dan sich mit dem Gedanken trug, seine Arbeit aufzugeben.«

»Dr. Petrie?« fragte Elinor ungläubig. Das konnte sie sich bei Dr. Petrie nicht vorstellen, da sie seine ganze stille Hingabe an seine Arbeit kannte. Mrs. Petrie nickte.

»Ja, er hätte es fast getan. Wir waren glücklich miteinander – daran lag es nicht – es lag auch nicht daran, daß ich oft fort war – ich bin immer gekommen und gegangen, wie es gerade kam, das ist so meine eigenwillige Art. Es lag an etwas anderem.«

»Ja?« fragte Elinor abwartend. Sie wollte unbedingt verstehen, was Mrs. Petrie ihr zu erklären versuchte.

»Wir brauchten das gleiche Zentrum, verstehen Sie? Wenn zwei Menschen sich nahestehen, dürfen sie nicht zwei Zentren haben. Das wäre wie zwei gegenläufige Strudel – sie müssen sich um das gleiche Zentrum drehen, wenn sie beieinander bleiben wollen, denn wenn sie sich um zwei Zentren bewegen, gerät jeder für sich in einen Sog, der sie auseinanderbringt.« Sie schwieg eine Weile und bog die Blütenblätter einer Tulpe weit auseinander und schaute tief in den gelben Kelch. Dann ließ sie die Blütenblätter zurückspringen und sah auf. »Wenn zwei Menschen einander sehr lieben – so daß sie einer ohne den anderen nicht leben können –, dann muß einer von ihnen dieses Zentrum behüten, finden Sie nicht auch? Und der andere wird dann hineingezogen – wie bei einem Strudel.« Sie schob die Tulpen beiseite. »Nun, Dan wurde mit in meinen Strudel gezogen. Und ich wußte, dort würde er verloren sein. Außerdem wollte ich nicht, daß er so würde. Also gab ich die Oper auf.« Sie lachte. »Minnie Benton hat das nie verstanden – der arme Jonathan Benton! Er ist so lieb, als Pantoffelheld, – wissen Sie, damals dachten alle, daß er anstelle von Dan zum Präsidenten gewählt würde, aber das Kuratorium war sich nicht sicher, ob Minnie – ach was, das ist alles alter Tratsch. Jonathan war immer liebenswürdig zu uns. Niemand würde auf den Gedanken kommen, daß Dan ihm seinen Traum weggenommen hat.«

Elinor saß ganz still. Es war richtig, daß Grant in letzter Zeit wenig von seiner eigenen Arbeit gesprochen hatte. Er war viel zu beschäftigt mit seinen Plänen für sie.

Mrs. Petrie stand abrupt auf. Durch ihre langen Beine war sie sehr groß und ein wenig schlaksig. »Nun, das wär's. Ich kann nicht viele Worte machen – konnte ich noch nie. Aber Grant ist wirklich ein brillanter Bursche, sagt Dan. Vielleicht sind Sie auch brillant. Ich weiß es nicht. Aber jedenfalls, diese Zentren . . .« Sie band sich ihr orangefarbenes Halstuch um. »Wissen Sie, kurz nachdem Sie beide geheiratet hatten, war Grant einfach wunderbar, sagt Dan. Davor war er schon recht vielversprechend, aber es lag so eine

Art Schatten über ihm – und der ist nun irgendwie wieder da.« Noch einmal spielten ihre langen, graziösen Finger mit den Tulpen. »Würden Sie mir diese goldgelbe Tulpe schenken?«
»Ja gerne«, sagte Elinor. Sie wollte sagen: »Vielen Dank, Mrs. Petrie«, aber sie wußte nicht, was Mrs. Petrie darauf gesagt haben würde.
Mrs. Petrie hatte die Hand schon auf der Türklinke und lächelte auf sie hinab. »Ich konnte noch nie etwas mit Worten gut erklären«, sagte sie, »ich habe halt immer nur gesungen.«
Sie war gegangen. Das Zimmer schien noch angefüllt mit dem Echo ihrer tiefen, melodischen Stimme, und Elinor stand still im Raum und lauschte und versuchte, sich an ihre Worte zu erinnern.
Ich weiß, was sie meint, dachte sie erregt, weil ich weiß, wie sie ist.

Das Stück war ein absoluter Reinfall. Wie war es möglich, fragte sie sich voller Verwunderung, daß diese drei Leute jemals etwas an diesem sentimentalen, dummen Stück gefunden hatten, in dem ein alter Mann auf einer Parkbank seinem Leben nachträumte? All die alten Themen waren mit hineingebaut, Heim und Mutter, die falsche Frau, der Traum von der Musik, der zur Frustration werden mußte – und dann dieses gleiche Leben, wie es hätte sein können – die richtige Frau, Liebe, Erfolg – und schließlich war der alte Mann auf der Parkbank tot und lächelte glücklich. Sie saß zwischen Peter und Mrs. Cassels.

»Ach Gott, jedesmal muß ich weinen«, sagte Mrs. Cassels glücklich. »Es ist so herzzerreißend, nicht wahr?«

»Ein toller Knüller«, flüsterte Peter heiser.

Neben ihm sah sie Grants steinernes, angestrengtes Profil. Und daneben saß Mr. Seabury und lächelte sehnsüchtig, mit halbgeöffneten Lippen.

Es war leicht zu erkennen, wie das Publikum darüber dachte. Die Leute lachten und lachten. In ein paar Stunden würden die noch druckfeuchten Zeitungen die ersten Kritiken bringen: »Eine neue Offenbarung in Sachen Schund –.« »Der Unsinn erreicht ungeahnte Tiefen«.

Aber diese drei Menschen hingen mit den Augen an den Vorgängen auf der Bühne und lebten auf. Sogar Peter, der kräftig nach Whisky roch, starrte nüchtern geradeaus, seine roten Hände ruhten auf seinen Knien; mit verzückten Augen beobachtete er den alten Mann auf der Parkbank, dessen Hand langsam von seiner Brust herabsank. Der Vorhang fiel, und sie bahnten sich schweigend einen Weg durch die Menschenmenge. Sie nahm Grants Hand und drückte sie fest.

»Vergiß nicht, daß sie eine herrliche Zeit hatten«, flüsterte sie. »Nur das zählt.«

»Auf Wiedersehen, auf Wiedersehen«, sagte sie zu den dreien draußen auf dem Gehsteig. »Es war sehr rührend und ich freue mich, daß wir dabei waren.«

»Auf Wiedersehen«, knurrte Grant grimmig. »Viel Glück.«

Sie sahen den dreien nach, wie sie zusammen die Straße hinuntergingen, Mrs. Cassels in der Mitte, rechts und links eingehakt von den beiden Männern.
»Idioten!« murmelte Grant böse. »Ich bin froh, daß Mutter das hier nicht mehr erleben mußte! Möchte wissen, wovon sie jetzt leben wollen. Sie haben alles bis zum letzten Cent ausgegeben.«
»Mrs. Cassels hat noch ihre Rente«, warf Elinor ein.
»Und Gott sei Dank kannte Mutter meinen Vater gut genug, ihm nicht zu trauen«, sagte Grant verbittert. »Solche Leute brauchen einfach jemanden, der sich um sie kümmert. Nun, Peter kann ja für sie betteln gehen.«
Sie mußten sich beeilen, rechtzeitig zum Bahnhof zu kommen und erwischten gerade noch ihren Zug. Das Stück war nicht wichtig. Den ganzen Tag über, seit Mrs. Petrie dagewesen war, war ihr nichts mehr so wichtig. Sie fanden Platz in einem fast leeren Coupé.
»Wenn ich an meine Mutter denke«, sagte Grant gerade leidenschaftlich, »dann danke ich Gott, daß ich dich geheiratet habe, Elinor. Ich danke Gott, daß du so gescheit bist. Manchmal glaube ich, daß alle Leute mehr oder weniger dumm sind, auf die eine oder andere Weise. Aber du nicht. Wenn ich mir andere Menschen so ansehe, sage ich mir oft, ich danke Gott dafür, daß ich eine so wunderbare Frau gefunden habe und mit ihr verheiratet bin.«
Eine wunderbare Frau! Sie hatte das Gefühl, von einem Speer getroffen zu sein, der aus weiter Ferne auf sie geschleudert worden war. Sicherlich hatte nicht

Grant ihn geworfen. Nein, er hatte es nicht gewollt. Aber sie sah plötzlich sich selbst – aber natürlich, sie war Mrs. Seabury. Grant hatte sie zu seiner Mutter gemacht, sie geformt, in die Rolle seiner Mutter hineingedrängt. Seit die Biographie abgeschlossen war, hatte er daran gearbeitet. Und sie war in seinen Händen hilflos gewesen, weil sie ihn liebte. Nie hatte sie ganz vergessen können, daß sie Grant schon lange liebte, bevor er sie liebte. Und daher war sie zu sehr bemüht gewesen, ihm zu gefallen.

»Ich will nicht – sie sein«, murmelte sie leise.

»Was sagst du?« fragte er.

Sie kuschelte sich kindlich an seine Brust. »Nichts«, flüsterte sie und preßte ihr Gesicht an seine Jacke.

»Was ist denn?« fragte er noch einmal verwundert.

»Ich will keine Vorträge mehr halten«, murmelte sie. »Ich hasse es . . .«

Sie hatte das Gefühl, als rücke er innerlich ein wenig von ihr ab. »Soll das heißen –? Ja, warum hast du mir denn nichts gesagt?« forschte er.

»Ich dachte, ich müßte es tun, weil du mich so haben wolltest«, sagte sie.

»Ich wollte, daß du – dein Talent benützt«, sagte er ernst.

Sie schüttelte den Kopf. »Ich mag nicht«, sagte sie. Es war nicht ihr Talent – es war Mrs. Seaburys.

Er rückte ein wenig von ihr ab. »Soll das heißen, Elinor, daß du all unsere Pläne einfach aufgeben willst?«

Sie nickte. Er starrte sie ungläubig an. Es gefiel ihm

nicht, aber jetzt spielte das keine Rolle. Obwohl er eine ganze Weile sogar böse mit ihr war, war es doch besser für ihn. Sie wußte jetzt genau, warum Mrs. Petrie zu ihr gekommen war. Grant mußte sich befreien vom Schatten seiner Mutter, auch wenn er selbst diesen Schatten immer wieder aufleben lassen wollte und ihn brauchte und liebte. Er mußte hinausgetrieben werden in das Licht, in dem er sich selbst verwirklichen konnte.

»Du hast eine wunderbare Frau aus mir gemacht«, sagte sie. »Du hast etwas von mir gewollt, was ich nicht bin.«

Gespenster, das war es. Er hatte einen Geist gewollt.

»Ich bin eine normale, lebendige Frau«, sagte sie, »nicht wunderbar. Ich hasse wunderbare Frauen. Es erschreckt mich, wenn ich daran denke, ich müßte das sein. Laß mich wie ich bin, Liebling!«

Sie kuschelte sich an ihn. Aber er saß noch immer stocksteif.

»Selbstverständlich verlange ich nicht von dir, etwas zu sein, was du nicht sein willst oder nicht bist.«

Der Zug schleuderte um eine Kurve und schubste sie aneinander.

»Aber soll das heißen, du willst überhaupt nicht mehr für die politische Erziehung der Frauen und all das arbeiten?« fragte er.

»Nichts mehr«, sagte sie.

»Was willst du dann?« verlangte er zu wissen.

»Nur deine Frau sein«, sagte sie.

Aber auch das gefiel ihm nicht.

»Das ist mittelalterlich«, sagte er nach einer Weile.
»Ja, das ist es«, stimmte sie zu.
Er starrte sie an. »Hast du denn gar keinen Ehrgeiz?«
»Jede Menge«, sagte sie, »was dich betrifft.«
Draußen, im dunklen Nachthimmel konnte sie zwei flammende, sich drehende Kreise sehen, die sich rasch aufeinander zubewegten.
»Man wartet nur darauf, dir einen ordentlichen Lehrstuhl zu geben«, sagte sie.
»Nein!« rief Grant. »Woher weißt du das?« Er rückte noch weiter von ihr ab, um ihr besser in die Augen sehen zu können, und war ganz aufgeregt.
»Mrs. Petrie hat es mir heute morgen erzählt.«
Grant nahm sie stürmisch in seine Arme. »Ich hätte ganz sicher niemals ein Wort darüber verloren, Elinor, aber jetzt kann ich dir ja sagen, daß ich schon ein wenig verletzt war, daß nichts dergleichen geschah. Warum hast du mir das nicht gleich gesagt?«
»Bücher«, murmelte sie. »Ich wollte, daß du Bücher schreibst. Ich wollte, daß du berühmt wirst.«
Jetzt waren die beiden Kreise einander schon sehr nahe.
»Stell' dir mal vor«, flüsterte sie, »stell dir vor, du würdest dir eines Tages wünschen und davon träumen, daß dein Leben anders hätte sein können. Wie dieser alte Mann, und was dann?«
»Blödsinniges Stück«, sagte Grant.
»Ja, aber diese drei – sie selbst waren dieser alte Mann – deshalb liebten sie es so.«
»Ja nun, – diese drei –.«

»Ja, sie sind albern, ich weiß«, stimmte sie zu. »Und doch . . .«
Sie schwiegen eine Weile. Dann sagte Grant mit erstaunlich schüchterner Stimme: »Hat Mrs. Petrie gesagt, wann das sein soll?«
»Schon bald, glaube ich – sehr bald. Sobald etwas vorüber ist.«
»Eine Wahl wahrscheinlich.« Sie nickte. Nein, ein Schatten, dachte sie, aber sie sagte es nicht laut.
»Nun«, sagte Grant und nahm seinen Hut vom Haken, »ich werde mich daran gewöhnen.« Was sie betraf, so hatte er alles vergessen, bemerkte sie glücklich. Morgen würde sie ihrerseits Mrs. Petrie besuchen. Sie würde eine enge Freundschaft mit Mrs. Petrie haben. Und Mrs. Benton – nun, Mrs. Benton würde lernen, es zu ertragen.
»Ich glaube, ich werde sofort mit der Forschungsreihe anfangen, die ich schon immer vorhatte«, sagte Grant mit gerunzelter Stirn und wie abwesend. »Du weißt doch – der Einfluß der orientalischen Philosophie auf die frühen amerikanischen Autoren – die Teehändler und all das –.«
»Warum nicht?« sagte Elinor.
Der Zug verlangsamte sein Tempo und kam zum Stillstand. Sie waren zurück. Ihr Auto stand auf dem Parkplatz, wie sie es verlassen hatten. Sie stiegen ein und nach ein paar Minuten waren sie wieder zu Hause. Unter der Haustür blieb sie eine Sekunde lang stehen, alle Sinne angespannt. Keine Gespenster mehr – alle weg.

»Weißt du was – *du* bist wunderbar«, sagte sie zu Grant. »*Du* kannst alles. Und außerdem ist ein gescheiter Kopf in der Familie genug.«
»Küß mich«, sagte er.
Triumphierend überließ sie sich seiner Umarmung mit weit geöffneten Augen. Sie tat genau das, was sie tun wollte. Und wie würde sie Grant zum arbeiten animieren! In Zukunft würde es für ihn keine wunderbaren Frauen mehr geben – nein, nein, nur sie, die an seinem Hals hängen würde, ihn drängen würde, von ihm abhängen würde und ihn durch ihren Stolz, ihren Ehrgeiz und durch ihr Lob anfeuerte, und dann würde er fleißig und berühmt werden. Er drückte sie fester an sich, mitsamt Mantel und Hut. Irgendwo spürte sie ein leises Klicken, als würde fern im All irgendwo ein wirbelnder Kreis sich mit einem anderen vereinigen und ihre Achsen eins werden. Dann wirbelten sie als Einheit weiter. Sie lächelte plötzlich, heimlich, über Grants Schulter ins Leere. Wie gut würde sie sich für alle Zukunft mit Mrs. Petrie verstehen!

Unterhaltsame Literatur

Eine Auswahl

Ewan Clarkson
König der Wildnis
Roman. Band 11438

Anthea Cohen
Engel tötet man nicht
Kriminalroman
Band 8209

Wilkie Collins
Die Frau in Weiß
Roman. Band 8227
Der rote Schal
Roman. Band 1993

A.J.Cronin
Die Zitadelle
Roman.Band 11431
Der spanische Gartner
Roman.Band 11628

John Crowley
Little Big oder Das Parlament der Feen
Band 8307

Susan Daitch
Die Ausmalerin
Roman
Band 10480

Diana Darling
Der Berg der Erleuchtung
Roman
Band 11445

Philip J. Davis
Pembrokes Katze
Roman
Band 10646

Paddy Doyle
Dein Wille geschehe?
Band 10753

Maurice Druon
Ein König verliert sein Land
Roman. Band 8166

Alice Ekert-Rotholz
Die letzte Kaiserin
Roman
Band 11892

Jerry Ellis
Der Pfad der Cherokee
Eine Wanderung in Amerika
Band 11433

Fischer Taschenbuch Verlag

fi 1220 / 8 b

Unterhaltsame Literatur

Eine Auswahl

Sabine Endruschat
Wie ein Schrei in der Stille
Roman
Band 11432

Annie Ernaux
Eine vollkommene Leidenschaft
Roman
Band 11523

Audrey Erskine-Lindop
An die Laterne!
Roman
Band 10491
Der Teufel spielt mit
Thriller
Band 8378

Sophia Farago
Die Braut des Herzogs
Roman. Band 11492
Maskerade in Rampstade
Roman. Band 11430

Elena Ferrante
Lästige Liebe
Roman
Band 11832

Catherine Gaskin
Denn das Leben ist Liebe
Roman
Band 2513

Martha Gellhorn
Liana
Roman
Band 11183

Dorothy Gilman
Die Karawane
Roman
Band 11801

Brad Gooch
Lockvogel
Stories.Band 11184
Mailand - Manhattan
Roman.Band 8359

Sue Henry
Wettlauf durch die weiße Hölle
Roman
Band 11338

Richard Hey
Ein unvollkommener Liebhaber
Roman
Band 10878

Fischer Taschenbuch Verlag

fi 1220 / 9 c

Unterhaltsame Literatur

Eine Auswahl

James Hilton
Der verlorene Horizont
Ein utopisches Abenteuer irgendwo in Tibet
Roman
Band 10916

Victoria Holt
Königsthron und Guillotine
Das Schicksal der Marie Antoinette
Roman
Band 8221
Treibsand
Roman
Band 1671

Barry Hughart
Die Brücke der Vögel
Roman
Band 8347
Die Insel der Mandarine
Roman
Band 11280
Meister Li und der Stein des Himmels
Roman. Band 8380

Rachel Ingalls
Mrs. Calibans Geheimnis
Roman
Band 10877
In flagranti
Erzählungen
Band 11710

Gary Jennings
Der Azteke
Roman
Band 8089
Marco Polo
Der Besessene
Bd. I.: **Von Venedig zum Dach der Welt**
Band 8201
Bd. II.: **Im Lande des Kubilai Khan**
Band 8202
Der Prinzipal
Roman
Band 10391

Fischer Taschenbuch Verlag

fi 1220 / 10 d

Michael Mamitza
Feran
Roman
Fischer

Was passiert, wenn ein einsamer armer Teufel Millionen im Lotto gewinnt!
Andreu Martín
HAMMER SCHLÄGE
Kriminalroman
Fischer

Eine bizarre Reise durch Raum und Zeit in die »Gegenwart« der Kelten.
Manfred Maurer
FUROR
Roman
Fischer

Unterhaltsame Literatur

Eine Auswahl

Tad Williams
Traumjäger und Goldpfote
Roman. Band 8349

Barbara Wilson
Mord im Kollektiv
Band 8229

David Henry Wilson
Der Fluch der achten Fee
Ein Märchen
Band 10645

Barbara Wood
Herzflimmern
Roman. Band 8368
Lockruf der Vergangenheit
Roman. Band 10196

Barbara Wood
Spiel des Schicksals
Roman. Band 12032
(in Vorbereitung)
Traumzeit
Roman
Band 11929

Marion Zimmer Bradley
Die Feuer von Troia
Roman. Band 10287
Luchsmond
Erzählungen
Band 11444
Die Nebel von Avalon
Roman. Band 8222

Marion Zimmer Bradley
Lythande
Erzählungen
Band 10943
Tochter der Nacht
Roman. Band 8350

(Hg.) Marion Zimmer Bradley
Schwertschwestern
Magische Geschichten I. Band 2701
Wolfsschwester
Magische Geschichten II. Band 2718
Windschwester
Magische Geschichten III. Band 2731
Traumschwester
Magische Geschichten IV. Band 2744

Fischer Taschenbuch Verlag

fi 1220 / 8 h